Alberick Lennart

L'épopée des pierres

Tome I

Emile Thomas

Alberick Lennart

L'épopée des pierres

Tome I

Roman

LE LYS BLEU
ÉDITIONS

ISBN : 979-10-377-2771-8

Chapitre 1
La mission

La cloche sonne à Nayon. Marta se mit alors à courir dans tout le village à la recherche de la maison de son frère. Les rayons du soleil étaient éclatants et des gouttes de sueur parcouraient tout son corps. Elle arriva à la troisième maison de la cinquième ruelle et toqua à plusieurs reprises à la porte :

— Alberick ! Alberick ! cria-t-elle de toutes ses forces.

— Ma chère Marta, du calme, répondit le jeune Alberick en ouvrant la porte, que se passe-t-il ?

— La cloche sonne, mon frère, et ta médaille t'attend.

— Faen ! ma médaille, s'exclama Alberick avec surprise.

Alberick attrapa sa sacoche accrochée au mur à sa droite, prit sa sœur Marta par la main et tous deux se mirent à courir. Marta, épuisée, s'arrêta et hurla à son frère : « Continue, je te re… trop tard », Alberick était déjà hors de vue.

Il arriva sur la place principale de Nayon et vit la foule regroupée devant l'estrade. Tout le village était là. Sa famille, dont son frère Bart et ses parents, Marten et Sybilla Lennart. Son fidèle compagnon Varta était là aussi et distribuait même des fleurs aux différents voisins d'Alberick. Marta arriva enfin, posa sa main sur son épaule et lui dit : « Monte, dépêche-toi, monsieur Berit t'attend là-haut ».

Alberick s'exécuta et traversa la foule attentive au discours déjà entamé de Berit. Berit était le chef du village de Nayon, depuis sa plus petite enfance. Alberick monta les marches de l'estrade deux par deux, encore tout essoufflé. Berit lui lança un regard complice et lui sourit. « Le voilà enfin », proclama-t-il. Il se tourna vers Alberick :

— Nous n'attendions plus que toi pour commencer

— Je suis sincèrement navré pour mon retard, répondit Alberick en baissant la tête, le coq ne m'a pas réveillé à temps et…

— Aucun souci, je veux juste que tu souries à la foule pour l'instant, dit Berit en remettant sa moustache en place.

Il se tourna vers la foule et un silence soudain s'installa à travers toute la ville. Il prit une grande inspiration, leva les bras et commença : « Braves habitants de Nayon. Aujourd'hui est un grand jour. J'ai le plaisir de vous retrouver ici, sur notre fameuse place du Mérite, pour récompenser un homme. Un homme pour qui la bravoure n'est pas un devoir, mais une nature. Un homme pour qui le savoir est dans ses gênes et l'intelligence dans son sang. Je vous demande d'applaudir notre très cher médecin, monsieur Alberick Lennart ! »

La foule était folle. Les fleurs distribuées par Vatra furent jetées sur Alberick, les enfants sifflaient, les hommes vociféraient de vive voix et les femmes tapaient dans leurs mains avec les larmes aux yeux. Marten, le père du grand médecin, serrait sa femme Sibylla dans ses bras, qui retenait des pleurs profonds. Sa sœur Marta avait un grand sourire et regardait Alberick dans les yeux, d'un regard fier et heureux. Varta faisait des clins d'œil à son acolyte en riant, comme pour lui montrer une sorte d'admiration.

« S'il vous plaît, s'il vous plaît, reprit le chef du village. Depuis plusieurs années, la raseri fait rage dans notre région, cette fameuse maladie qui attaque les poumons et détruit l'être par l'intérieur, nous laissant un corps sans vie déjà en décomposition. Ce malheur s'est abattu sur notre village bien des fois, jusqu'à ce jour. Sans Alberick, peut être que nos futurs enfants mourraient dès leur naissance. Maintenant qu'il est là, tout ira bien. Notre grand médecin a découvert la semaine dernière un grand vaccin contre cette maladie ! Pour le remercier et le bénir, j'ai fait fabriquer par le plus grand forgeron du pays une médaille à son effigie, qui symbolise la grâce que nous lui accordons. J'aimerai un tonnerre d'applaudissements pour notre grand héros, notre Alberick Lennart ! »

La foule s'exclamait. L'on pouvait voir l'espoir des femmes dans leurs yeux et la joie dans le sourire des hommes. Berit s'approcha du médecin, accrocha la médaille à son manteau, prit sa main, s'approcha du bord de l'estrade et s'écria : « Hip, hip, hip ? »

« Hourra ! » s'écria la foule en émoi.

Alberick descendit les marches de la plateforme et avança à travers la place. Il serrait des mains, embrassait les joues des femmes et souriait aux petites filles. Il arriva jusqu'à sa mère, qui lui sauta au cou. Même si elle n'avait plus l'usage de la parole, Alberick pouvait voir tout l'amour qu'elle éprouvait pour lui dans ses yeux bleu luisants. Son père lui serra la main, s'approcha de son oreille et murmura « Merci, mon fils ». Alberick retint ses larmes et se tourna vers sa sœur. Elle enleva ses lunettes et pleura dans les bras de son frère Bart qui souriait à Alberick. « Bravo petit frère, dit Bart, que Dieu te garde toute ta vie pour tout ce que tu as fait pour nous. »

Alberick salua une dernière fois la foule et monta dans la voiture de Berit qui l'attendait. « Félicitations mon vieux, lui dit-il », et le cocher le raccompagna jusqu'à chez lui.

Sa maison était aussi son cabinet de médecin. Pas très grande mais bien remplie, c'était un médecin maintenant très réputé dans le pays. Il avait des tonnes de fioles sur des étagères, avec à l'intérieur de l'azote liquide, de la sève, des huiles essentielles, des composants bleus, blancs, rouges, transparents, et certains même changeant de couleur en fonction de la température, du taux de carbone, de vapeur d'eau dans l'air, ou encore de la pression atmosphérique. Il avait aussi une grande armoire, avec des bocaux pleins de bêtes étranges, des guêpes avec des reflets violets, un rat à quatre yeux, des queues de castor et d'autres animaux modifiées par le cerveau curieux d'Alberick. Sa table de consultation se trouvait au milieu de la pièce principale. Il connaissait tous les muscles, les os, les vaisseaux sanguins du corps humain, leur fonctionnement et même leur dérèglement en cas de souffrance. Il sait par cœur les symptômes de chaque maladie, les virus et les bactéries qui peuvent hanter notre corps, tout comme les anticorps qui en sont bénéfiques. Bref, il connaît tout dans le domaine médical.

Lorsqu'il passa la porte de chez lui, il accrocha son manteau et sa sacoche au portemanteau et s'assit sur son lit. Il prit sa médaille entre ses mains, l'embrassa, et la rangea dans le tiroir de sa table de nuit. « Il faudra que je l'accroche au mur peut-être ».

Il prit de vieux vêtements posés vers son bureau et alla se changer. Il prit sa bêche et sa pelle et passa par la porte de derrière qui donnait sur son potager. Ses parents le lui avaient payé pendant ses études à Parta, comme cadeau pour son diplôme de médecin. Il y avait planté toute sorte de fruits et légumes. Les carottes étaient les plantations les plus intrigantes pour Alberick, mais il avait aussi des choux, des tomates, des haricots, des gurkas, une espèce de gros cornichons, mais aussi une pumpa, énorme fruit orange que l'on utilise pour faire des tartes. Mais la cuisine ne l'intéressait pas – même s'il est aussi un as des fourneaux – c'est plutôt la génétique de ses plantes qui l'occupe.

Il commençait à creuser des trous pour planter des pousses de poivrons quand sa sœur franchit la barrière du jardin. Ils se regardèrent dans les yeux pendant un long moment : « Mon frère, je suis vraiment fier de toi. Tu es un héros, Alberick ». Il la regarda et lui sourit. Elle s'approcha et prit la bêche. Elle recouvrait les plants qu'Alberick venait d'installer.

— Ce soir, maman et papa veulent organiser un dîner chez eux en ton honneur, reprit Marta en bêchant.

— Ce soir ? Mais on est déjà au trois quarts de soleil, il faut que je me prépare ! déclara Alberick en se ruant dans la maison.

Il prit plusieurs cintres dans son armoire et revint vers sa sœur. « Alors ? Quelle tunique je prends ? ». Il tenait un blouson noir, avec des épaulettes dorées, et un pantalon noir très foncé. Il avait aussi un manteau intégral rouge avec une ceinture marron, qui se porte avec le pantalon noir et un chapeau haut de forme. « La tenue bleue est plus jolie, c'est sûr », répondit Marta en montrant du doigt le dernier cintre. La tenue choisie était bleu clair avec des liserais dorés. Il avait fait des revers sur ses manches et son pantalon, lui aussi bleu. Des petites épaulettes jaunes et une ceinture marron finissaient la tenue, qui ravissait Marta. Alberick passa derrière le paravent et enfila sa tenue. Quelques minutes plus tard, il en ressortit et se tint debout devant sa sœur. Elle le trouvait sublime. Il resplendissait sous la lumière des bougies de son lustre. Marta et Alberick sortirent de chez lui et marchèrent en direction de chez leurs parents.

Arrivés devant la maison, ils sonnèrent à la cloche et la porte s'ouvrit. C'était Bart qui était arrivé peu de temps avant eux. Ils montèrent tous les trois les escaliers de la baraque et arrivèrent devant la porte de la salle à manger. Sybilla s'approcha, embrassa sa fille et serra son fils contre elle. Marten s'approcha aussi, fit la bise à Marta, serra les mains de son fils et lui tapa l'épaule. Alberick ôta son manteau et le rangea sur le portemanteau en forme de dragon à l'entrée. Ils passèrent à table. Le couvert était déjà mis et les chandeliers déjà allumés. Alberick était installé au bout, comme s'il était le chef de la maison. Sa sœur, assise à côté de lui, servit un verre de vin, tandis que Bart, en face d'elle, coupait le pain. Leur père était assis de l'autre bout de la table, bien en face d'Alberick. Sa mère sortit de la cuisine avec le plat et s'assit à côté de sa fille.

— Merci pour ce dîner, je ne mérite pas autant ! dit Alberick en se recoiffant.

— Ne dit pas de bêtises, mon fils, aboya Marten en tapant du poing sur la table, tu vas sauver la vie de milliers de personnes ! Tu t'en rends compte ? Sur ce, passez-lui le plat.

Bart s'exécuta. Pommes de terre du jardin et rôti de porc du fermier du coin furent au menu. Alberick se régalait. Plus personne ne parlait, ils préféraient savourer le bon repas préparé par le cordon bleu qu'est Sybilla.

« Comment ça se passe à la taverne en ce moment, Bart ? » demanda Marten. Bart était patron de la taverne Lennart, la plus grosse taverne de Nayon.

— J'ai presque fini de rembourser toutes mes dettes, répondit Bart, et j'ai de plus en plus d'habitués. J'ai même embauché un sixième serveur avant-hier.

— Et toi Marta, à la bibliothèque ?

— J'ai des tâches assez difficiles, comme trier les milliers de livres de chaque étagère chaque mois, mais je m'y plais. En plus, depuis que je suis dirigeante de l'aile scientifique, je gagne le triple de mon salaire de l'année dernière.

Et les discours inutiles continuèrent pendant la majeure partie du repas, jusqu'à ce que Marten prenne la main de sa femme. Alberick dû lui aussi prendre la main de sa sœur et de son frère. Tout le monde se tenait maintenant par la main.

— Je voudrais que l'on félicite tous notre bon fils, monsieur Alberick Lennart, qui, par son propre savoir, va sauver des centaines, voire des milliers de personnes. Que Dieu le bénisse. Kärlek[1] !

— Kärlek !

Après le dessert, ils rejoignirent tous le salon et s'assirent en rond autour de la cheminée allumée. Un orage était en pleine action dehors. Le tonnerre grondait, des éclairs avaient presque une teinte orangée. Une nuit sombre était annoncée.

La famille Lennart se racontait leur vie, riait et chantait. Il était déjà un huitième et demie de lune quand Alberick, fatigué, annonça qu'il allait rentrer. Après une série d'embrassades, il sortit de la maison et courut jusqu'à chez lui. Il s'arrêta un instant à mi-chemin pour s'abriter et souffler un peu, quand il vit une maison de Nayon en feu. Il reprit alors sa course en direction des flammes, en attrapant un seau au passage. En arrivant, une femme accourut vers lui et tomba à ses pieds, en larme : « Aidez-moi, s'il vous plaît… Mon bébé est encore à l'intérieur ». Alberick ne se posa pas de questions et se précipita à l'intérieur. Il grimpa les escaliers en évitant les morceaux du toit qui chutaient. Il arriva enfin au dernier étage du bâtiment et vit le

[1]Amour.

bébé dans son landau au milieu de la pièce. Il se rua dessus, prit le bébé et leva la tête en entendant un coup de tonnerre. Un éclair fonçait droit sur eux. Il avançait lentement, alors Alberick jeta le lambeau plus loin et l'éclair tomba à ses pieds, provoquant une explosion qui l'éjecta en dehors de la maison.

Alberick se releva. Il n'était plus à Nayon, il le sentait. Une lumière blanche l'éblouissait et l'obligeait à se couvrir les yeux. Soudain, il vit apparaître une ombre qui s'approchait de lui. L'être était de plus en plus visible. Il était blanc et avait de grandes oreilles ainsi qu'une longue queue. Il portait un chapeau haut de forme, aussi haut que lui, et un veston rayé noir et gris, tels les gentlemen de la capitale. Il regardait Alberick à travers son monocle en lui tendant une petite tasse. « Bois ça, ça te fera du bien ».

Alberick prit la tasse et avala son breuvage.

« Je suis Igïr et tu es Alberick et je connais toute ta vie. Je t'ai choisi pour exécuter ma mission. Tu as du courage et tu es intelligent. C'est tout ce qu'il me faut. »

Alberick le regardait avec étonnement. Il se dit que le vin de son père avait dû être un peu trop fort. Il allait ouvrir la bouche quand Igïr l'interrompit : « Une menace règne sur le monde entier, sur tous les mondes, sur le tien comme sur le mien. La Mort mange petit à petit les terres et j'ai besoin de toi Alberick. Je meurs dans quelques minutes, la Mort m'a touché et c'est toi qui dois finir mon œuvre ». La bête étrangère se retourna et sortit de derrière son dos une pierre parfaitement ovale et un bâton. « Voici le Bâton de Durandal. Ce bâton est aujourd'hui incomplet, il manque la plupart des pierres qui devraient le composer. Je te fais confiance, ô, jeune Alberick. Va dans les contrées les plus éloignées et rassemble toutes les pierres, le Bâton te guidera jusqu'à elles. Une fois toutes réunies, tu pourras tout contrôler, mais tu pourras surtout vaincre la Mort qui nous envahit. Je ne puis rester, mais mon âme, elle, sera toujours à tes côtés. Ô médecin Lennart, je te fais confiance, je te fais confiance ». Et il disparut.

Alberick se réveilla, au pied de la maison, maintenant éteinte, avec la femme et son bébé à ses côtés. Il tourna la tête et vit à sa gauche le Bâton, avec la pierre incrustée en son sommet.

— Tout va bien, monsieur Lennart ? lui demanda la femme.

— Oui, oui, ça va, répondit-il, très secoué.

— Merci pour tout, je vous dois la vie. Mon bébé est sain et sauf et c'est grâce à vous.

— Je n'ai fait que mon devoir, mademoiselle, dit-il en se levant.

Il attrapa le bâton et rentra chez lui. La pluie s'était arrêtée, la nuit avait repris son cours. Il franchit sa porte d'entrée, ôta sa tunique bleue et enfila sa robe de chambre.

Il se coucha sur son lit, se recouvrit de son drap et s'endormit. Il rêva. Il rêva de l'étranger de ce soir, il s'imaginait sa vraie vie, son monde, comme il lui avait dit, et il songeait. Il songeait à sa mission. La menace de la Mort était-elle vraie ? Et si elle était vraie, était-ce une si grande menace que l'avait fait croire l'étranger ?

Chapitre 2
L'héritage d'Igïr

Le lendemain matin, à son réveil, Alberick s'assit sur son lit et mit sa tête dans ses mains. Il songeait. Et si ce n'était qu'une escroquerie ? Il commençait à suer et se repassait la scène de la veille en boucle. Soudain, la pierre du bâton posé au milieu de la pièce s'éclaira. Des images commençaient à apparaître devant Alberick. Igïr était là, au-dessus du bâton. Ces images avaient l'air d'être un message, sûrement adressé à Alberick. Stupéfait, il s'approcha, mais fut soudain éjecté de son lit. Igïr commença alors à parler : « Bonjour monsieur Lennart. La Mort m'a enfin emporté. J'ai alors besoin de toi. Prends le bâton et pars, pars loin, compléter ma pierre. Le Bâton t'indiquera le chemin, le droit chemin. Il t'emmènera jusqu'à la première pierre, la pierre d'eau, qui se trouve dans le monde aquatique, au plus profond des océans. Sois fort mon ami, sois fort ». Alberick bondit à côté du Bâton et hurla : « Attends, je… », mais fut coupé par Igïr, qui arrêta le message.

Alberick prit peur. Dans quoi était-il mêlé ? Mais Igïr avait l'air sincère. Pendant son message, il avait les larmes aux yeux, un air fatigué et ne se tenait plus très droit. Alors Alberick se releva du sol, enfila le manteau bleu et doré de la veille, ramassa le Bâton orné de la pierre transparente, prit sa médaille qu'il mit dans sa sacoche et partit. Il ferma sa porte à double tour, mit sa pancarte « Stengt[2] » devant son logement et prit la direction de la villa de ses parents. Il croisa sur le chemin Berit, le chef du village :

— Pourquoi cours-tu ainsi, Lennart ?

— Viens avec moi, mais vite, ordonna Alberick.

Alors le médecin et son chef parcoururent les rues et arrivèrent enfin au baraquement des Lennart. Ils ne prirent même pas le temps de sonner à la cloche et montèrent les escaliers pour arriver devant la porte du hall d'entrée. Alberick rentra sans frapper. Son père était installé en robe de chambre sur son fauteuil dans le salon principal. Sa mère sortit de la cuisine en entendant Alberick entré, avec un air étonné. Sa sœur, elle, s'affairait à rincer le tablier sali de son frère Bart dans le lavoir. Tous trois furent pleins d'étonnement en voyant Alberick et Berit franchir la porte.

— Qu'est-ce qu'il se passe Alberick ? demanda Marta, tu n'es pas au cabinet aujourd'hui ?

— J'ai… venez vous asseoir dans le salon, répondit Alberick, l'air soucieux.

Il prit sa mère par le bras et l'accompagna jusqu'à son fauteuil. Marta s'appuya contre le manteau de la cheminée, tandis que Marten continuait de fumer sa pipe en fixant Alberick. Bart n'était pas là, il était sûrement à la taverne, Alberick en était déçu, il savait qu'il n'aurait pas le temps de passer lui annoncer la nouvelle.

— Alors mon fils, qu'est-ce que tu veux ? commença Marten, en crachant la fumée de son tabac, un tabac d'origine Patralienne, une contrée du sud, tu as besoin d'argent ?

— Non, j'ai juste quelque chose à vous annoncer.

---

[2]Fermé.

— Il a rencontré quelqu'un ! ajouta Marta, c'est quoi ? Un elfe, une humaine, une…

— Non plus, laissez-moi finir ! Alberick leur raconta alors sa péripétie de la veille, du sauvetage du bébé jusqu'à la mort d'Igïr. Les Lennart étaient stupéfaits.

— Je comptais y aller, finit par dire Alberick. Igïr, enfin l'âme d'Igïr, a besoin de moi. Il a dit que j'avais le courage et le savoir nécessaire pour accomplir et terminer sa mission. Je prends la route ce soir, c'est ce que je comptais vous annoncer.

— Quoi ? Mais tu ne peux pas faire ça ? Pense à Nayon, pense à Berit, ici présent, pense à…

— Laissez-le y aller, l'interrompit Berit, avec un sourire fier, si tel est son souhait, laissons-le y aller. Ses affaires sont déjà prêtes, alors pourquoi le retenir ?

Marten regarde Alberick dans les yeux, avec un regard menaçant. Mais soudain, un sourire heureux apparut sur les lèvres de tous ses proches.

— Vas-y, mon fils, s'exclama le père Lennart, nous te faisons confiance, et j'ai bien l'impression que tu es prêt pour cette mission.

— Oui, va, pars, tu es maintenant assez grand pour partir et faire ce qu'il te plaît, ajouta Berit, fais seulement très attention à toi.

— Je vous le promet, mes très chers, dit Alberick en se levant.

Il s'approcha de la porte de sortie, ramassa le Bâton et enfila sa sacoche autour de son cou, avant de se retourner vers sa mère. Elle lui fit un grand sourire et posa sa main contre son cœur, pour lui dire qu'elle l'aimait.

Après être sorti, il marcha jusqu'à la cabane dans les arbres de son fidèle compagnon Vatra dans la forêt voisine. Une fois au pied de l'échelle pour y grimper, il ramassa un petit galet qu'il jeta sur la porte. Vatra sortit soudain et se pencha sur la barrière extérieure :

— Eh ! Qu'est-ce qu'il te prend ? hurla Vatra, particulièrement nerveux.

— Vatra ! Viens avec moi ! Descends, partons à l'aventure ! Je sais que tu aimes ça. Viens t'asseoir à côté de moi que je t'explique.

Vatra descendit l'échelle en glissant sur les côtés, s'installa sur un rocher devant Alberick, et écouta. Le médecin avait déjà commencé à raconter l'histoire d'Igïr. Vatra était stupéfait. Sa colère avait disparu, laissant place à une curiosité et une euphorie soudaines.

— Je pars ce soir, finit par ajouter Alberick.

— Non, le contredit Vatra, nous partons ce soir.

Alors Alberick serra fort les mains poilues de Vatra, reprit son Bâton et ordonna à son acolyte de préparer son sac. Quelques secondes plus tard, Vatra était déjà en bas, avec un baluchon sur l'épaule, son manteau intégral rouge et un casque de guerre anglais. « Adjö [3], Nayon », crièrent en chœur les deux aventuriers débutants.

Alberick et Varta prirent alors la route du Nord. Il était trois quarts de soleil lorsqu'ils avaient sûrement déjà marché plusieurs miles. Malgré son excitation, Alberick hésita. « Où va-t-on finalement ? » pensa-t-il soudain. Il s'arrêta alors et s'assit sur un rocher au bord du chemin.

— Où va-t-on ? demanda Alberick, inquiet.

— Quoi ? Tu ne sais pas où on va ? rétorqua Vatra, profondément énervé.

— Igïr m'a juste dit d'aller chercher la pierre d'eau, mais je ne sais malheureusement pas où.

---

[3] Adieu.

Mais soudain, le Bâton se mit à vibrer et à s'illuminer. Alberick l'attrapa et le Bâton tourna par lui-même, montrant droit à travers le champ qui longeait leur route. « C'est par là ! » cria alors Alberick avec enthousiasme. Alors Vatra sortit une lame de son sac et commença à tailler les plantations du champ. Comme Igïr l'avait dit, le Bâton guiderait bel et bien Alberick dans sa quête.

Monsieur le médecin et son camarade Vatra marchaient depuis un quart de soleil. La nuit venait de tomber. Ils décidèrent malgré tout de continuer, tant leur envie d'aventure et leur euphorie furent grandes. C'est au bout de tout le cycle de lune qu'ils décidèrent de faire une pause, pour se reposer et manger. Vatra avait une faim de loup. Alors ils s'arrêtèrent dans un pré non loin d'un village. Ils déployèrent leurs abris en tissu fabriqué par Sybilla lorsqu'Alberick était jeune et allumèrent un feu. Pendant que Vatra se reposait, Alberick songeait. Il prit le Bâton entre ses mains et fixa la pierre. Certaines lueurs bougeaient à l'intérieur, formant des silhouettes et des images quelconques. Mais ces lueurs formaient aussi des écritures. La pierre semblait représenter un cycle de soleil, puis un cycle de lune, puis d'autres cycles de ces astres. Alberick les comptait. Il y avait trois cycles de soleil et quatre cycles de lune. Eurêka ! Alberick avait tout compris. Il leur restait trois jours et quatre nuits avant d'arriver au bord du monde aquatique. Il réveilla alors Vatra en le secouant et lui cria : « Il faut que l'on parte, nous ne sommes pas très loin du monde aquatique, je te le promets ! ». Alors les deux intrigués reprirent la route à travers champs et marées, en quête du fameux océan dont Igïr avait parlé.

Au bout d'un cycle de soleil et d'une demi-lune de marche, ils s'arrêtèrent dans un village pour acheter leur repas, attendu depuis plusieurs kilomètres de marche. Il ne leur restait plus que trois cycles de lune et demi et deux cycles de soleil. Ils avaient énormément d'espoir, alors ils repartirent le plus vite possible dans la direction qu'indiquait le Bâton.

Plus qu'un jour et une nuit. Ils avaient marché sans relâche pendant très longtemps et étaient à bout de force. Ils installèrent un drap au bord d'une rivière et mangèrent le seul morceau de pumpa qu'il leur restait. Alberick tourna la tête vers le Bâton et, intrigué, s'en approcha. Il montrait la direction de la rivière.

— Ce serait plus pratique si l'on pouvait prendre le bateau, dit en riant Vatra.

— Vous êtes un génie, mon cher, rétorqua Alberick en ramassant quelques branches.

L'océan devait sûrement être au bout de cette rivière, comme l'indiquait le Bâton. Vatra sortit alors des cordes de son baluchon, qui paraissait sans fond, et commença à attacher les branches les unes aux autres. Après trois bonnes heures de récoltes et de travail, le radeau était terminé. Alberick s'essuya le front en soufflant et dit : « Il ne nous manque plus que des rames », et s'effondra sur un gros rondin de bois au bord de l'eau et s'endormit. Quelque temps après, Vatra réveilla en sursaut son médecin et lui cria :

— Vite, on y va ! Regarde ce que j'ai.

Il avait trouvé quatre rames toutes neuves.

— Et je peux savoir où tu les as…

— Non, je t'expliquerai plus tard, dit Vatra en montrant sur le radeau fait maison. Monte !

Alberick grimpa alors rapidement sur les branches et ils commencèrent à ramer, en regardant plusieurs habitants du village voisin hurlant. « Tu les as volés, c'est ça ? » demanda Alberick à Vatra, qui ne lui répondit qu'avec un simple sourire. Les deux se mirent ensuite à rire.

Après un jour et une nuitée de navigation, la rivière s'élargit soudain. Les rochers commençaient à disparaître, le courant était de moins en moins fort et de plus en plus de poissons sautaient à la surface.

— Que se passe-t-il ? demanda Varta avec inquiétude

— L'Océan, rétorqua Alberick avec enthousiasme, c'est notre Océan.

Chapitre 3
La Pierre de l'Eau

Vatra et Alberick venaient de pénétrer sur l'Océan. L'on pouvait voir leur joie et leur soulagement sur leur visage. Ils continuèrent de pagayer, en quête d'une ouverture sur le monde aquatique. Ils ramèrent pendant plusieurs heures. Un quart de jour était passé, quand Vatra se leva soudainement du radeau. « Une bulle ! » cria-t-il. Une bulle d'air flottait à la surface. C'était la seule chose qu'ils avaient aperçue depuis leur ascension sur l'eau. Ils s'en approchèrent petit à petit, mais furent soudain aspirés à l'intérieur lorsqu'ils la touchèrent mais ils semblaient pouvoir marcher et respirer dans cette bulle. Au bout de quelques secondes, elle se mit à vibrer, puis plongea dans l'Océan. Les rayons du soleil n'étaient alors bientôt plus visibles. Une obscurité terrifiante s'installa dans la nouvelle demeure de nos deux aventuriers. Mais une lueur soudaine réapparut, laissant place ensuite à une lumière éblouissante. Ils y étaient enfin. Le monde aquatique. Il ressemblait exactement à ce qu'Alberick avait imaginé. L'on pouvait observer des baraquements en coquillages éclatants d'une lumière bleutée. Il y avait comme des ruelles de sable, séparant les maisons creusées dans la roche. C'était une ville au plus profond de l'océan. De plus en plus de poissons, de mammifères marins ou de petits crustacés étaient visibles. Mais d'autres êtres, inconnus de Lennart, qu'il n'avait jamais étudié, tournaient gaiement autour de la bulle. Ces êtres ressemblaient quelque peu à ce que les légendes racontent, des dragons pouvant cracher du feu, mais qui, sous l'eau, cracheraient de grands courants. Au sol, des poissons avec des tuniques, et d'autres avec des armures, discutaient entre eux.

La bulle s'approchait peu à peu d'un immense bâtiment, parfaitement sculpté en forme de crabe. Elle rentra par la bouche grande ouverte du crustacé et s'arrêta sur ce qui ressemblait à sa langue. La poche d'air soudain rétrécit pour s'installer seulement autour de la tête de Vatra et Alberick, les laissant marcher dans le corps du crabe. Une grande voix cria soudainement : « Bienvenue, mes chers ». Elle venait du fond de la gorge. Un être assez étrange était assis sur un trône. Il faisait penser à un triton, ou une grosse salamandre. Il avait de gros yeux jaunes et des pattes palmées. Il portait comme des œufs dans le dos et son arme, un lance-harpon, était utilisée comme repose-pied.

— Je suis Ships, gardien du monde aquatique et de la pierre de l'eau. Que puis-je faire pour vous, humains ?

— Nous sommes Alberick et Vatra, et une mission nous a été donnée. J'ai un soir rencontré un certain Igïr, qui m'a…

— Igïr ? l'interrompit Ships, j'ai appris sa pauvre mort. Quelle tristesse ! C'est donc lui qui vous envoie. Mais que voulez-vous ?

— Nous devons combattre, combattre la Mort. Mais pour ça, j'ai besoin de la pierre de l'eau.

Ships se leva de son trône et s'approcha d'Alberick.

— Écoute-moi bien, jeune Alberick. Si Igïr t'a ordonné de prendre ma pierre de l'eau, je te la donne volontiers. Mais j'ai moi aussi besoin de toi. Mon monde est en danger. Octopull et toute sa flotte sont très puissants et sa menace grandit chaque jour.

— Et qui est Octopull ? demanda Vatra, la tête dans sa bulle

— Octopull est l'ancien gardien du monde aquatique, mais que les habitants ont rejeté, l'estimant trop violent. Alors il revient pour se venger, mais je pense qu'avec le pouvoir de la pierre de l'eau, tu seras capable de l'arrêter et de détruire son armée. Attrape-la dans mon dos, ordonna Ships en se retournant.

Alberick s'approcha et prit la pierre à travers les œufs dans le dos de Ships. Soudain, la pierre dans la main d'Alberick bondit vers le bâton et se logea directement dans la pierre transparente. Le médecin se mit à crier. Il souffrait. Une lumière bleue jaillit de ses yeux et de sa bouche, et rejoignit la pierre du Bâton, devenue elle aussi bleue. Tout s'arrêta soudain, et Alberick tomba à terre. La bulle autour de sa tête explosa et Ships le releva.

— Tout va bien, mon vieux ? demanda Vatra.

— Oui, oui, ça va, répondit Alberick.

— Ça a fonctionné ! hurla Ships, tu peux respirer sous l'eau, enfin !

Alberick prit une grande inspiration, puis souffla de toutes ses forces. Il pouvait respirer sous l'eau. Le pouvoir de la pierre de l'eau lui était donné. « Sortons. Allons voir de quoi tu es capable avec cette pierre », dit Ships. Les trois compères sortirent, et Alberick nageait avec une aisance inédite. « Vas-y, détruis cette maison », ordonna le gardien. Alberick prit son bâton et le fit tourner autour de sa tête. Du courant de plus en plus fort commençait à se former autour de lui. Il pointa la pierre dans la direction de la maison semblant abandonnée, et le courant continua jusqu'à elle. Il n'en fit qu'une bouchée.

— Maintenant que tu sais te servir des pouvoirs de l'eau, préparons nos soldats pour la bataille, dit Ships.

— Mais je ne suis pas prêt, enfin…

— Ne dis pas de bêtises ! l'interrompit le gardien, et allons nous préparer.

Ils sortirent tous trois pour rejoindre la caserne militaire du monde aquatique. « Garde à vous ! » cria Ships. Tous les soldats de l'eau arrêtèrent leurs activités et se tournèrent vers le médecin. « J'ai besoin de vous, chers soldats. Aujourd'hui est un grand jour. Je vous présente Monsieur Alberick Lennart, détenteur du Bâton de Durandal et le successeur d'Igïr. Il vient d'obtenir les pouvoirs de notre pierre, et sait les maîtriser. Alors il va nous aider, nous, le monde aquatique, à vaincre la menace qu'Octopull fait peser sur nos femmes et nos enfants chaque jour. Alors pour Alberick, hip hip hip ! », « Hourra ! » répondirent les soldats en chœur.

Les soldats sortirent en rang de la caserne, et se positionnèrent tous devant Alberick. Ships prit les devants, suivi de Vatra, du médecin et de tous ses soldats. Direction : les bateaux d'Octopull. Alberick avait son bâton comme gouvernail et tenait Vatra par la main pour le traîner. Après plusieurs brasses, les bateaux étaient en vue. « Monte sur le premier, nous, on reste tous sous l'eau, en attendant ton signal », ordonna Ships à Alberick. Malgré son appréhension, Lennart bondit sur le bateau et se trouva nez à nez avec le capitaine. Il avait des tentacules et un crochet au bout du plus longue d'entre eux. Une grande moustache en ventouses ornait son visage ainsi qu'un cache-œil noir. Son grand chapeau de capitaine assombrissait tout son corps. Sa tunique bleue paraissait très foncée, et son revolver accroché à sa ceinture semblait gigantesque. Il sortit une épée de son colt et menaça Alberick : « Qui es-tu pour venir me déranger en pleine navigation ? ». Le médecin ne répondit rien. Mais soudain il entendit de grands pas derrière : « Réponds ! ». Il se retourna et vit un être immense, avec de gros membres et de grandes dents. Alberick connaissait cet animal, c'était un requin. Il tenait dans ses deux mains une chaîne avec au bout une ancre, qui lui servait sûrement d'arme. L'un des deux était sûrement Octopull, le grand ennemi tyrannique de Ships. « Je suis Squall, et j'aimerais que l'on réponde au grand chef, Octopull ! » reprit le requin. « Oh non, je passais juste par-là », provoqua Alberick. Il souleva alors son bâton et imita les gestes qu'il avait effectués pour détruire la maison sous-marine. Une vague immense éclata alors le bateau en deux, séparant Squall du capitaine. C'était le signal. Ships et toute son armée s'élancèrent sur les autres bateaux, et jetèrent à l'eau un à un les pirates des vaisseaux ennemis. Alberick était toujours en face de Squall. « Tu mourras ! » cria le requin en agitant son ancre. Alberick évita alors de justesse le projectile, maintenant enfoncé sur le pont juste à ses pieds. C'était le moment pour frapper. Alberick agita son bâton et une vague attrapa la chaîne de Squall et le tira jusqu'au niveau de l'eau. Il se tenait au pont avec ses deux mains. Mais soudain, deux soldats lourds du monde aquatique l'attrapèrent par les pieds et l'entraînèrent au fond de l'eau.

Mais rien n'était joué. Alberick releva la tête et regarda Octopull dans les yeux. La pieuvre sortit son pistolet et tira en direction d'Alberick. La balle frôla sa joue et alla se loger dans le troisième mât du bateau. Pendant qu'Octopull rechargeait son arme, Alberick bondit au-dessus de l'eau pour faire face au capitaine. Celui-ci sortit alors son sabre. « Tu es fichu, jeune incompétent ! Tu n'aurais jamais dû provoquer Octopull de cette manière ! ». Le pirate sauta alors sur Alberick et lui infligea un violent coup d'épée. Le nouveau magicien prit son bâton comme arme et contra le coup. Il défendait tous les coups du capitaine. Furieux, Octopull sortit son revolver et tira une balle, qu'Alberick arrêta avec son bâton. Il bondit alors sur le poulpe et lui donna un coup de pierre. Le pirate, sonné, tomba, et Alberick lui passa le bâton sur le cou. « C'est fini, Capitaine. *Vous* êtes fini », termina Alberick. Impuissant, Octopull se déclara vaincu. Alberick appuyait de plus en plus fort sur le bâton. Ships sortit soudain de l'Océan et balança la Bâton d'un coup de pied. « On le veut vivant ! » hurla-t-il dans les oreilles d'Alberick.

Le cauchemar de tous les habitants de l'Océan était enfin terminé. Octopull allait être jugé et enfermé à vie dans le cachot de Cousteau, la prison de la ville. Alberick et Ships étaient retournés au Crabe.

— Merci pour tout, Lennart, dit Ships avec une certaine admiration pour Alberick.

— Oh, je te devais bien ça, cher Ships.

Le gardien se leva de son trône, sortit sur le balcon et cria à la foule qui attendait : « Alberick nous a sauvé la vie. Pour le remercier, en plus de lui avoir confié ma pierre, je l'accompagnerai dans sa quête. »

Alberick regarda Vatra avec étonnement. Ships continua : « Je nommerai donc l'un d'entre vous pour me remplacer pendant ma longue absence. Que Poséidon soit avec nous. »

— Mais Ships, tu ne peux pas laisser ton peuple comme ça, dit Alberick, gêné.

— Ne sois pas ridicule, répondit le gardien avec fierté, sans toi, mon monde serait peut-être détruit, mes enfants maltraités et ma femme tués. Alors j'ai choisi, et j'ai choisi de t'accompagner dans votre aventure.

— Merci pour tout, Ships.

— Tu me remercieras lorsque nous récupérerons la prochaine pierre, la pierre Plante.

— Comment le sais-tu ?

— Oh, tu sais, Igïr m'a déjà proposé de l'épauler pendant sa quête. Il ne devait sûrement pas être très courageux et un peu paresseux.

Alberick et Ships se mirent alors à rire.

— Prenons un bateau, proposa Ships.

— Tu en as ?

— Nous ne venons pas d'en voler à notre cher Octopull ?

Le gardien et les deux explorateurs prirent alors la barre, dans la direction que le Bâton indiquait, très heureux et très fiers.

Chapitre 4
La pierre Plante

Après quelques heures de navigation, les trois compères accostèrent sur une plage de galets blancs, à proximité d'une forêt, la forêt de Sherwood, comme l'indiquait un panneau à l'entrée.

— C'est ici, dit Ships en montrant le panneau du doigt, c'est ici que se trouve la Pierre Plante, j'en suis sûr.

— Mais en fait, tu peux respirer hors de l'eau ? demanda Vatra en regardant Ships.

— Tais-toi, ne pose pas de questions inutiles, l'interrompit Alberick, qui se posait malgré cela la même question.

Ils avancèrent sur le sentier, se plongeant dans une obscurité soudaine. Les arbres bloquaient tous les rayons de soleil qui tentaient de traverser la forêt. Les allées de peupliers étaient gigantesques. Les branches sur les troncs, les feuilles des branches, tout était immense et lugubre. « Je connaissais le détenteur de la pierre, et il n'est, si je me souviens bien de lui, pas très commode », dit Ships.

Un troupeau de biches traversa soudainement la forêt devant nos trois compères. Le cerf en était le guide. Grand, rapide, majestueux, un être exceptionnel. Alberick suivait la troupe de cervidés du regard et les vit rentrer dans un arbre immense, suivi de blaireaux, d'écureuils, d'urulte, une espèce de renard avec des tons violacés, ou encore de loups. « Par-là ! » cria Ships. Les trois aventuriers se mirent alors à courir dans la direction de l'arbre-refuge, et sentirent le sol trembler. Qu'était-ce ? Ils tournèrent la tête et virent au loin un géant de bois à corne. Il avait des poings énormes, des yeux bleus dont le regard transperçait les feuilles, et ses pas faisaient de grandes traces au sol. De l'écorce sous son menton était semblable à une barbe, telle celle du père d'Alberick, tout comme la mousse au niveau de la ceinture de la bête, qui paraissait lui faire office de pantalon. Alberick fixait surtout la main droite du monstre. Une sphère verte accrochée à sa paume luisait, mais la bête semblait vouloir la cacher.

— C'est la pierre, affirma Alberick, il a la pierre dans sa main.

— Sûrement, mais on devrait peut-être s'abriter et faire comme nos chers animaux, répondit Vatra.

Alors Ships prit les devants et tous trois allèrent s'abriter dans le même arbre que tous les habitants de la forêt, qui semblaient tous désorientés et épouvantés. Certaines louves cachaient les yeux de leurs petits, certains blaireaux semblaient pleurer, tandis que les biches étaient regroupées au plus profond du tronc, manquant de s'évanouir. Le grand cerf s'approcha des trois amis :

— Vous n'auriez jamais dû venir ici, leur dit le roi de la forêt. Brutus est très dangereux. Il aime beaucoup les plantes, mais n'en a rien à faire de nous, les pauvres animaux inoffensifs.

— Mais qui est Brutus ? lui demanda le magicien.

— Le gardien de la Pierre Plante. Brutus sadique et violent, il n'aime personne, alors pourquoi êtes-vous venus dans cette grande forêt ?

— Nous venons récupérer la Pierre Plante.

Les animaux regardèrent soudain Alberick dans les yeux, choqués par ses paroles.

— Vous êtes complètement dingues, reprit le cerf. Jamais vous n'y arriverez.

— On vous prouvera le contraire, rétorqua Ships.

Et Alberick et ses acolytes sortirent de l'abri, faisant face à l'arbre en mouvement, plus terrifiant que jamais. « Que Dame Nature soit avec vous », cria le roi avant de retourner vers ses femelles. Soudain, au-dessus de la tête du géant apparurent un visage et de grands yeux verts. Ce petit être demanda.

— Qui êtes-vous, jeunes insolents, pour venir piétiner ma forêt ?

— Je suis Ships, et voici Alberick et Vatra, deux habitants d'une contrée lointaine missionnés par Igïr.

Le petit bonhomme se mit à rire.

— Igïr ? L'incapable ? Et qu'est-ce qu'ils veulent ?

— Ils veulent la Pierre Plante, répondit Alberick.

— Je suis Brutus, gardien de *ma* pierre Plante, et jamais personne ne me l'a volée, et jamais personne ne me la volera, est-ce clair ? dit le gardien avec colère.

— Mais nous en avons seulement besoin pour vaincre La Mort, qui menace le monde entier.

— N'essayerez-vous pas de mentir pour me la dérober ? On ne ment pas à Brutus, hurla le tyran, Grool, à l'attaque !

Brutus décrocha la hache qu'il avait dans le dos tandis que Grool, l'arbre géant, fonçait sur les trois explorateurs. Ils se mirent à courir. Ships utilisa son lance-harpon et tira dans une des jambes de la bête. Immobilisée, elle se mit à gémir. Ils couraient tandis que Brutus détachait le harpon planté dans la patte de sa monture. Une fois remise sur pied, elle se remit à courir et rattrapa les trois fuyards. « Vous ne pourrez plus vous échapper », dit Brutus, en ordonnant à Grool de donner un gros coup de poing à chacun. Ils volèrent sur plusieurs mètres un à un et atterrirent près de la bordure de la forêt. Ils se relevèrent et reprirent leur course, en direction de la sortie. Mais Brutus et sa monture couraient plus vite que nos héros. Le monstre redonna un coup à chacun, qui disparurent dans le ciel, pour retomber dans un arbre, à plusieurs dizaines de mètres de la forêt. Vatra s'était assommé sur une branche, Ships semblait complètement épuisé et sans force, tandis que les côtes d'Alberick paraissaient fêlées. Ils chutèrent au pied de l'arbre dans lequel ils avaient atterri, inertes.

Alberick se réveilla en sursaut, sur un lit en paille dans une cabane en bois. Une femme faucon veillait sur lui. « Vos os sont tous réparés, monsieur », dit-elle juste avant de sortir de la pièce. Alberick s'assit sur le bord avant qu'un homme entre dans le refuge, et dit d'une voix grave : « Je sais ce qu'il vous est arrivé, et vous avez eu de la chance. Il torture d'habitude les blessés avant de les donner en guise de repas à son Grool. Oh, je ne me suis pas présenté, je suis Pandoosh. Et vous, Monsieur Lennart, d'où venez-vous ? ». Alberick était intrigué. Pandoosh savait tout. Était-ce un allié de Brutus, qui allait donc dénoncer Alberick ? L'hôte du magicien était un panda blanc épais, avec de grands yeux rouges et une tunique verte. La boucle de sa ceinture était en forme de cochon, et sa petite houppette sur la tête rappelait à Alberick les portraits de son père de sa jeunesse, lorsque Marten était chasseur.

— Je viens de Nayon, une contrée éloignée. Je suis en quête.

— En quête de ? demanda Pandoosh avec étonnement.

— Je suis à la quête des pierres du Bâton de Durandal, et je cherche en ce moment la Pierre Plante.

Pandoosh bondit de son siège.

— Vous êtes fou, littéralement fou. Je n'ai jamais vu quelqu'un d'aussi fou. Et pourquoi voulez-vous toutes ces pierres ?

— Pour faire la guerre, et vaincre La Mort, qui menace des pays et des contrées entiers.

— La Mort ? Il a emporté ma sœur, il y a deux ans, et je me suis toujours promis de la venger. Je pars avec vous.

— Et savez-vous comment récupérer la pierre de Brutus

— Suivez-moi, termina Pandoosh en sortant.

Ils prirent la porte et Alberick vit Vatra et Ships, assis sur un rondin, buvant une infusion au plantin. Pandoosh monta sur le rocher central, et dit : « Mes amis, Monsieur Alberick Lennart est ici pour prendre la Pierre Plante à notre cher ennemi Brutus, et nous allons l'aider. Préparons-nous au combat que nous attendons depuis si longtemps, armons-nous, et partons vaincre l'horrible Brutus ! » et les habitants du camp se mirent un à un, hommes, femmes et enfants, à ramasser des massues taillées dans la roche, des boucliers fabriqués à partir de feuille ou encore des arcs dont la corde fut tissée par des araignées.

— Comment te remercier, Pandoosh ? demanda Alberick en lui posant une main sur l'épaule.

— Gagnons premièrement notre bataille, et nous parlerons émotion après, répondit le panda avec fermeté.

L'armée s'approchait peu à peu de la forêt de Sherwood. La peur commençait à apparaître sur le visage des soldats de Pandoosh. Les sourires disparaissaient, laissant parfois place aux pleurs des enfants et des femmes. Une fois l'armée rentrée dans la forêt, le sol se mit à trembler. Grool et Brutus étaient visibles au loin. La Pierre Plante dans la main de la bête luisait encore tandis que la hache translucide de Brutus reflétait les rayons du soleil.

— Que me voulez-vous, bande d'idiots ? demanda Brutus, furieux.

— Nous sommes là pour en finir avec toi et ta pierre, répondit Pandoosh.

— Je vous tuerai un à un, ce n'est que ce que vous méritez. Champignons, à l'attaque !

Soudain, des milliers de soldats champignons sortirent des troncs, des buissons et des terriers, armés de leur lance-pierre. Ils étaient minuscules, sûrement de la taille d'un pied, mais tiraient des bombes empoisonnées. « À couvert ! » ordonna Pandoosh. Alberick, Ships et Vatra étaient au milieu des soldats du panda qui avaient levé leur bouclier. Les bombes éclataient au-dessus des soldats. Certains tombaient, étouffés par le gaz, d'autres furent contraints de quitter le groupe, attaqués par les champignons. Pandoosh leva alors sa massue, et cria : « À l'assaut ! ». Les soldats se mirent alors à foncer sur Brutus et sa brute, écrasant sur leur passage les soldats ennemis. Ils arrivèrent autour de la bête géante, qui donnait des coups à chaque soldat qui approchait. L'on voyait des corps inertes au sol, éjectés par le monstre, à des dizaines de mètres. Brutus taillait en deux chaque assaillant que Grool ratait. Il infligeait de grands coups de hache dans tous les sens, et décapitait ceux qui avaient le malheur de se prendre un de ses coups. Vatra jetait les bombes qu'il avait fabriquées, sûrement avec du mercure, de l'eau et de la sauge, comme il le faisait d'habitude. Mais elle n'avait aucun effet sur Grool et son maître. Ships, lui, immobilisait la bête avec de grands coups de harpon dans les membres, mais qui finissaient toujours détruits par la hache de Brutus, ou dans le corps d'un allié lorsque le tireur ratait sa cible.

Alberick lui aussi fonçait, tête baissée, entraîné par le rythme des pas alliés. Une idée lui vint soudain. Il s'écarta du peloton, abattit les champignons autour de lui, enleva son gant et mit sa main au sol. Il était très humide. Alors il leva son bâton et le fit tourner au-dessus de sa tête. Le sol s'affaissait, tandis que l'eau jaillissait de la terre et s'élevait autour d'Alberick. Il lança son volume d'eau sur Grool, qui perdit l'équilibre et chuta. « Prenez le géant, je prends Brutus ! » cria Alberick aux soldats. Pandoosh le regarda : « Bien reçu. Tous sur Grool ! » ordonna-t-il à son armée.

Alberick s'approcha alors de Brutus, qui se relevait du sol.

— Tu es seul maintenant. Que vas-tu faire ? dit Alberick avec arrogance.

— Je vais t'étriper, répondit grossièrement Brutus, qui se jeta sur le maître du Bâton.

Alberick esquiva le coup de hache et se positionna devant un arbre. Brutus s'élança et lui asséna un deuxième coup de hache. Malheureusement pour lui, il rata Alberick et sa hache vint se planter dans le tronc d'arbre. Coincée, Brutus abandonna son arme et fit face à Alberick. Le magicien mit son bâton devant son visage, en guise de défense, tandis que Brutus fonça sur lui pour lui infliger un violent coup de pied dans le ventre. Alberick, désorienté, baissa sa garde et se prit un coup de coude dans la joue. Il chuta et Brutus posa son pied sur son adversaire et le regarda droit dans les yeux : « Il ne faut pas provoquer la colère de Brutus ! ». Soudain, le Bâton au sol à quelques mètres des deux combattants s'élança dans la direction d'Alberick et atteignit le casque de Brutus. Complètement déstabilisé, il lâcha Alberick et tomba à quatre pattes sur le sol. Alberick s'aida de son bâton pour se relever et le fit tourner dans la direction de Brutus. L'eau sortit de terre et le sol sous Brutus commença à s'affaisser. L'on pourrait croire que la terre formait des sables mouvants. Brutus se releva et essaya de remonter au niveau de la terre, mais s'enfonçait de plus en plus dans le sol. Le trou formé par Alberick faisait maintenant une dizaine de mètres de profondeur. Brutus leva la tête et vit Alberick, au-dessus de lui : « Il ne faut pas provoquer Alberick », dit le magicien en partant. Mais la bataille n'était pas terminée. Grool vainquait encore les soldats de Pandoosh. Le chef de guerre était si apeuré qu'il ne donnait plus aucun ordre, ne savait plus quoi faire. Alberick vit Vatra qui venait de se prendre un coup de Grool, blotti contre un tronc d'arbre déraciné, sans force et sans espoir. Ships était encore au combat, bientôt à cours de harpon. Son courage et sa force laissaient petit à petit place à la peur et la souffrance. Grool évitait ses tirs et renvoyait les lances sur les assaillants alliés, eux aussi prêts à abandonner et à déserter. Alberick devait faire quelque chose. C'est lui qui avait entraîné ces soldats dans la bataille, sacrifiant leur vie et leur famille pour lui. Alors il s'approcha de Pandoosh et lui dit dans l'oreille : « Rappelle tes soldats, éloigne-les, vite ! ». Le chef, désemparé, s'exécuta. Il ordonna à son armée de reculer et il ferma la marche. Il se retourna vers Alberick : « Bonne chance, fieux. ». Ships s'était camouflé derrière une souche d'arbre pour observer la scène, tandis que Vatra était ramené par les infirmiers du camp. Alberick prit une grande inspiration. Il n'était seulement qu'à quelques mètres de Grool, qui semblait rire des soldats lâches. « C'est moi que tu veux, pas eux, commença Alberick, alors battons-nous ». Grool, provoqué, baissa la tête, les cornes en avant, et fonça sur Alberick. Le mage s'appuya sur son bâton et sauta par-dessus le géant. Vexé, la bête reprit sa course et, une nouvelle fois, le visage fermé, courut vers Alberick. Le magicien fit tourner son bâton autour de lui, et le sol soudain tomba,

Alberick disparaissant alors sous les pieds de Grool. Il rejaillit à l'arrière du monstre, sur une grosse vague d'eau, et atterrit sur le dos de Grool. Furieuse, la bête fonçait contre les arbres, sautait, plongeait au sol, ou encore se frappait dans le dos pour déloger l'intrus. Alberick lança une vague sur le visage du géant et prit soudain son élan. Il sauta par-dessus l'énorme tête et rejoignit la main droite de l'arbre vivant, et lui ouvrit la paume. Grool, déséquilibré par l'eau qu'il avait reçue, se prit les pattes dans des racines et chuta au pied d'un arbre, se cognant fortement contre son tronc. Alberick prit alors son bâton qu'il enfonça dans le creux de la main de Grool, entre sa peau et la pierre, et tira sur sa baguette magique. La Pierre Plante encore éblouissante sortait petit à petit, pendant que la bête se remettait de sa chute. Il se releva et secoua sa main droite. Alberick s'appuya sur son bâton et ajouta son espoir à sa force et sortit la pierre de l'orifice. L'on pouvait entendre le cri de douleur de Grool à des kilomètres. La main de la bête explosa et un bruit très sourd retentit. Alberick, avec la pierre dans une main et le bâton dans l'autre, fut éjecté et atterrit dans un bosquet à plusieurs mètres du corps inerte de Grool. Il se releva et se rapprocha, en boitant, du gouffre dans lequel était enfermé Brutus. « C'est fini Brutus, tout est fini pour toi ».

Ships, Pandoosh et son armée revinrent alors sur le champ de bataille. La bataille était terminée. La forêt était silencieuse et les animaux commençaient à sortir de leur tronc. Plusieurs soldats et habitants du camp s'approchèrent du corps sans main de Grool et le tirèrent à l'aide d'une corde jusqu'à leur repère. Pandoosh ordonna à d'autres soldats de ligoter Brutus et de récupérer sa hache, encore enfoncée dans le pauvre tronc sans défense. Pandoosh s'approcha d'Alberick :

— J'ai eu très peur pour les femmes et les enfants de mon peuple, mais tu les as sauvés. Je t'en remercie.

— Je croyais que c'était à moi de parler émotion ? répondit Alberick.

Et les deux victorieux se mirent à rire en se serrant les mains, encore pleines de sang de champignon. Brutus, escorté par des soldats, passa à côté d'Alberick et cria : « Jamais ta quête ne sera réussie ! Jamais tu n'arriveras à prendre la Pierre de Pitt Bullet, la Pierre du Mensonge, jamais ! » et repartit en direction du village, avec des larmes de honte dans les yeux.

Pandoosh et Alberick rentrèrent au camp en sifflant de joie et de fierté. Ships arriva derrière le mage et lui tapa sur l'épaule : « Bien joué, M'sieur Lennart. Même mon père ne maniait pas si bien la Pierre de l'eau. ». Alberick était fier. Mais était aussi inquiet. Comment allait Vatra ? Ils arrivèrent au camp et Alberick courut vers son ami, qu'il vit couché dans une des cabanes.

— Comment tu vas ? Je te prie de m'excuser, jamais je n'aurais pas dû t'emmener ici, c'est une aventure dangereuse et périlleuse.

— Ne t'excuse pas Lennart, tu le sais que j'aime l'action, répondit Vatra avec un grand sourire. Je vais rester là, pendant plusieurs semaines, plusieurs mois peut-être. Ils vont me soigner, ne t'en fais pas. Je te rejoindrai lorsque je serai guéri, je te le promets. En plus – Vatra s'approcha de l'oreille d'Alberick –, l'infirmière est assez mignonne.

Et les deux compères se mirent à rire.

— Tu vas me manquer mon ami, dit Lennart en s'essuyant les yeux.

— Moi aussi, mon vieux, mais je serai bientôt de retour. Je crois avoir compris que Pandoosh connaît un des autres détenteurs de pierre. Je te dirai tout ce que j'apprendrai quand je serai tout neuf, promis.

Les deux amis se serrèrent l'un contre l'autre avant qu'Alberick sorte de la case, des larmes inquiètes dans les coins des yeux.

— Brutus a parlé de la pierre de Pitt Bullet, la Pierre du Mensonge, dit Alberick à Ships et Pandoosh.

— Nous savons quelle pierre est la suivante, mais dans quelle direction aller ? s'interrogea Ships.

— Nous regarderons le Bâton lorsque nous partirons, reprit Alberick. Pandoosh soupira et se mit à parler mais Alberick l'interrompit soudainement :

— Non, Pandoosh. Reste ici, avec ta femme, tes enfants et ton peuple. Ne viens pas avec nous, je te l'interdis. Je ne te remercierai jamais assez pour la bataille que nous venons de gagner, mais jamais je ne pourrai me faire pardonner de te perdre dans toutes les batailles que nous allons vivre dans notre aventure. Nous devons y aller, Ships et moi. Je vous salue, toi et ton peuple, et vous remercie.

Pandoosh, bouche bée, répondit seulement par un « Merci. Bonne chance » très neutre et sans émotions.

— Alors, où allons-nous ? demanda Ships.

— On rentre à la maison.

— Quoi ?

— Non, je ris, direction Pitt Bullet et sa Pierre du Mensonge.

Et les deux explorateurs reprirent la route dans la direction du Bâton, curieux et fiers.

Chapitre 5
La Pierre du Mensonge

Alberick et son ami Ships reprirent la route à la quête de la Pierre du Mensonge, détenue par un certain Pitt Bullet. Le Bâton indiquait une route qui traversait maintes et maintes cités, des dizaines de champs, ou encore qui les obligeait à sauter par-dessus les rivières et les autres petits cours d'eau. Le chemin était interminable. À bout de force, les deux compères décidèrent de s'arrêter dans un petit village. Seulement trois petites baraques en briques représentaient ce village, ainsi qu'un puits sur la place centrale. Une jeune femme s'apprêtait à prendre de l'eau au puits, quand Ships l'interrompit :

— Bonjour, madame. Ou devrais-je dire mademoiselle ? Alberick lui tapa derrière la tête. Pardon, reprit-il, sauriez-vous où pourrions-nous dormir cette nuit ?

— Oui, bien sûr. Le gîte de l'oncle Joe est toujours ouvert. C'est la deuxième maison, toquez, et demandez l'oncle Joe.

Les aventuriers se rendirent alors devant la porte de la deuxième maison. « Gîte de l'oncle Joe » était inscrit en grand au-dessus de la porte. L'immeuble comprenait quatre étages, et était fait d'ardoise noire, sûrement du Pays de Galles. Ils franchirent la porte et demandèrent au premier serveur qui déambula l'oncle Joe. Le commis les emmena alors devant une porte écartée de la salle principale. « Toquez, allez-y », dit l'employé en repartant en salle. Les deux amis frappèrent à la grande porte. Aucune réponse. Ils toquèrent une seconde fois, et attendirent. Soudain, la porte s'ouvrit et une jeune femme en train de remettre ses vêtements, sortit de la pièce, suivi d'un grand homme, qui demanda à Alberick et Ships d'entrer. Il était musclé, et avait une chemise blanche à laquelle il manquait les trois boutons du milieu. Il manquait une bretelle à sa salopette et son pantalon de velours n'était pas encore boutonné. Son cigare fumait comme une cheminée et sa grosse moustache grise était si bien coiffée qu'elle semblait émettre de la lumière. Ses yeux vitreux fixèrent nos deux héros, et ses dents jaunes firent leur apparition :

— Que me voulez-vous, messieurs ?

— Nous sommes en plein pèlerinage, répondit Alberick, et nous pensions pouvoir séjourner chez vous ce soir.

L'homme se mit à rire, et reprit :

— Mais bien sûr, c'est ouvert à tout le monde ici.

— Merci bien, dit Ships, Oncle Joe, c'est cela ?

— Tout le pays m'appelle comme ça, alors oui, Oncle Joe. Prenez la chambre Feu follet au troisième étage.

Les deux acolytes montèrent alors les escaliers, en croisant maintes femmes sans survêtements et sans sourire. Alberick admirait les tableaux accrochés au mur. L'un d'eux représentait un roi, récupérant sa ville submergée après une vive bataille contre celui que l'on appelait autrefois Boabdil. Un autre, très banal, était le portrait d'une jeune Italienne, qui nous suivait du regard pendant notre montée des escaliers. Ils arrivèrent au troisième étage et suivirent les lanternes attachées par des cordes au mur jusqu'à la cinquième porte, la chambre des Feux follets. Ships sortit la clé récupérée auprès de l'intendant et alla dans la salle de bain. Alberick s'allongea sur le lit un moment avant d'ôter son manteau et ses chaussures, et de se faire chauffer de l'eau. Il sortit de sa sacoche une boîte en velours remplie d'infusions diverses, au citron, au gingembre, à la pumpa, au gurka ou encore au fziti, un petit fruit appelé parfois « prune » qui pousse dans les arbres.

Alberick infusa alors deux sachets de bergamote dans une tasse et marcha jusqu'à la salle de bain. « Tiens, une infusion à la… », Ships était déjà endormi, couché dans la baignoire remplie d'eau.

Le lendemain matin, les chercheurs descendirent dans la salle principale afin d'y déjeuner. Pendant qu'Alberick buvait un thé et mangeait sa pogne matinale, Ships attrapa une tasse de café et le journal sur le bar. Soudain, le poisson recracha son café et s'exclama : « Regarde, c'est lui ! ».

Pitt Bullet, le prétendu détenteur de la Pierre du Mensonge, était dans les nouvelles de ce jour. Il lut alors l'article à Alberick :

« Pitt Bullet, maître du marché noir de Tantum, vient de gagner plusieurs millions de roubles au trictrac. N'est-ce pas génial ? Nous savons maintenant qu'il est à Tantum, la cité industrielle la plus proche. Préparons-nous et allons-y. »

Les deux amis se relevèrent et récupérèrent leurs affaires dans leur chambre. Oncle Joe leur bloqua soudain la route dans les escaliers, avec les yeux et les sourcils froncés.

— Dites-moi, jeunes gens, quand comptiez-vous me payer ? dit la brute avec un air agacé.

— Combien voulez-vous ? demanda Lennart

— Une nuit, plus un déjeuner – Il hésita – ça vous fera 235 roubles.

— Vous pourriez attendre que l'on repasse demain ? Nous avons quelque chose à régler et nous reviendrons comme prévu.

Un petit sourire malicieux soudain apparu sur les lèvres de Joe.

— Faisons comme cela, si tel est votre souhait. Ici, le client est roi, rétorqua-t-il en reprenant les escaliers.

— Mais, nous n'avons pas d'argent, demanda Ships à Alberick lorsque le costaud fut parti.

— Ne te soucie pas de cela, j'ai une petite idée, répondit Lennart. Et les deux amis sortirent de l'auberge, et prirent la route de Tantum.

Tantum était une cité industrielle où régnaient usines et délinquance. Le paysan que nos compères avaient croisé leur avait expliqué que cette ville abritait toute sorte de dangers et de menaces. Il l'avait appelée la « Ville Fantôme ».

Ils arrivèrent enfin à destination, et rentrèrent dans l'enceinte de la ville par un grand portail, heureusement encore ouvert à cette heure pourtant si tardive. Alberick s'approcha d'une épicerie. « Sauriez-vous où se trouve Pitt Bullet ? » demanda-t-il au vendeur. L'épicier leva seulement le bras et montra l'énorme bâtiment central, appelé « L'usine Fury », comme l'indiquait le gigantesque panneau publicitaire sur sa façade.

Ils s'approchèrent du bâtiment et rentrèrent par la grande porte d'entrée, d'où circulaient des centaines de personnes. Au centre du bâtiment se trouvait un *ring*, dans lequel s'affrontaient des robots et des machines. Soudain, une voix sortit des haut-parleurs et vibra dans les murs : « Mesdames et Messieurs, veuillez accueillir votre cher, très cher… Pitt Bullet ! ». La foule se mit alors à sauter et à crier de joie le nom de Bullet. « Il est enfin là », soupira Alberick. « Et veuillez maintenant applaudir son grand et fort combattant… Tizzite ! ». Un gros monstre rose, ressemblant à une *piñata*, sortit alors d'une porte et poussa un énorme cri, qui résonna dans le bâtiment entier. Une cloche sonna soudain et l'énorme Tizzite fonça sur son adversaire et l'écrasa d'un seul coup de sucette géante, sortit de sa bouche. Alberick ouvrit sa sacoche et prit la Pierre Plante. « Je crois qu'il est temps », affirma-t-il, avant de l'approcher de la Pierre de son Bâton. Il poussa soudainement un cri très strident et luisit d'une lumière éblouissante. Il contrôlait enfin les pouvoirs de la Pierre Plante. La foule s'écarta alors de lui. Il vit Pitt Bullet à travers la vitre de son bureau se lever de son siège et attraper un micro : « Qui es-tu ? Un nouveau combattant ? Monte alors sur le champ de bataille. ». Alberick fit signe à Ships de rester et d'observer. Le portail en métal s'ouvrit et Alberick fit face au fameux Tizzite. « Au combat ! » cria Pitt dans son micro. La *piñata* s'élança alors sur Alberick, qui leva son bâton et l'agita. Il le pointa vers un pot de rosier posé dans le bureau de Bullet. La plante soudain poussa et passa à travers le verre, pour s'agripper au pied du monstre rose. Les épines des branches grandirent et vinrent se planter dans le corps de Tizzite. Les roses enlacèrent et serrèrent de plus en plus le combattant géant, jusqu'à l'empêcher de respirer. Il poussa soudain un petit cri très aigu, et explosa de l'intérieur, éjectant de petites friandises dans toute la salle. La foule était clouée au sol, tandis que les petits enfants ramassaient et grignotaient les sucreries tombées par terre. Bouche bée, Pitt sauta sur le ring. Il brandit son pistolet accroché à sa ceinture et cria : « Qu'est-ce que tu veux, fieux, on ne t'a pas appris les bonnes manières ? ». Son revolver avait une cartouche accrochée au-dessus du canon, et luisait fortement d'un ton plutôt rouge sang. Alberick l'examina de loin. Il l'avait reconnue. C'était la Pierre du Mensonge. Son bâton brillait en plus en direction de l'arme ennemie. Le mage reprit alors le contrôle du rosier et l'entraîna jusqu'à Pitt Bullet. Ses pattes robotiques esquivaient et éloignaient les branches, tandis que les balles de son revolver découpaient les pétales des fleurs autour de son cou. Il détruisait la plante plus vite qu'Alberick la faisait pousser. À bout de force, le rosier fana et tomba, complètement asséché. « C'est tout ce que tu as dans le sac, l'ami ? » reprit Bullet avec fierté, en fonçant à toute vitesse sur Alberick. Il le plaqua au sol et lui infligea plusieurs coups de patte électroniques dans l'estomac. Soudain, le mage vit son ami Ships voler au-dessus de son adversaire, et un harpon vint se planter directement dans le thorax de Pitt. L'escroc regarda sa blessure et releva la tête en direction d'Alberick. « Bien joué, petit » furent ses derniers mots, avant qu'il tombe au sol et se vide de son sang, d'un vert translucide. Alberick se releva, remercia Ships d'un mouvement de tête et se tourna vers la foule, qui l'acclama. Les hommes sifflaient, les femmes criaient tandis que les enfants continuaient de manger en applaudissant. Alberick et Ships se sentaient fiers. « Nos héros », criaient-ils tous en chœur. Un homme, Nick, comme l'indiquait le nom inscrit sur sa veste, s'approcha : « Je suis le patron de ce casino, et je vous remercie ! Il menaçait tout le monde et ruinait la boîte. Nous vous devons une fière chandelle. Sa fortune est à vous », et il leur tendit une clé électronique au nom de Pitt Bullet, contenant 564 millions de roubles.

Alberick s'approcha du corps sans vie de Pitt et ramassa son pistolet. Il attrapa la capsule renfermant la Pierre du Mensonge et la retira de l'arme. Son bâton en face de lui, il y inséra la Pierre et tous les pouvoirs du Mensonge pénétrèrent son corps.

Le magicien et Ships sortirent de l'usine et reprirent la route pour retourner au Gîte de l'oncle Joe. Ils s'arrêtèrent un moment devant une banque et insérèrent la clé de Pitt dans un distributeur et retirèrent tout le contenu du compte. Ils avaient alors en main 564 millions de roubles en billets de 10 millions, qu'ils mirent dans la sacoche d'Alberick.

Une fois arrivé à l'auberge, Joe les interpella une fois les deux héros assis.

— Alors, mes 235 roubles ? demanda-t-il avec impatience

Alberick sortit un billet de 10 millions et lui tendit.

— Je pense que ça fera l'affaire, rajouta Ships avant d'entraîner Alberick en-dehors du bâtiment. Ils reprirent sagement la route dans la direction du Bâton, laissant le patron de l'auberge offrir sa tournée à tous les clients.

Chapitre 6
Venin enflammé

Le Bâton s'illuminait pendant la marche de nos héros. Alberick l'observa. C'était une lumière orangée, et des lettres commençaient à apparaître : F-E-U. « Feu ! s'écria Alberick, c'est la Pierre de Feu que nous cherchons », et les deux amis reprirent la route dans la direction du Bâton, vers l'ouest, selon la boussole du mage. Mais des bruits arrêtèrent soudain leur marche. Des gémissements et des injures retentissaient d'un champ. Les aventuriers décidèrent alors d'approcher. Ils traversèrent durant quelques mètres les épis de maïs et arrivèrent au pied d'un grand épouvantail, derrière lequel se trouvaient trois personnes. L'un d'eux était au sol, frappé par les deux autres. Il semblait être un ver, ou un serpent. Il avait un corps jaune et une longue queue au bout de laquelle se trouvait une sonnette tels les grands reptiles dans le désert. Son chapeau était au sol, écrasé par l'un de ses agresseurs. Le mâle qui l'insultait était lui aussi un serpent, avec des bras musclés et une peau bleutée tel le ciel qui les entourait. Le dernier assaillant était un scorpion, avec de grandes pinces vertes et un corps costaud marron, et l'on pouvait deviner sa férocité dans son visage, rempli de haine et de fureur. Ships et Alberick approchèrent :

— Que se passe-t-il ici ? demanda le magicien.

— Oh, tu as appelé tes petits potes ? dit le scorpion à sa victime, moi c'est Scorpio, et personne, je dis bien personne ne doit provoquer Scorpio, dit-il en se retournant vers nos héros.

— Je provoque qui je veux, rétorqua Alberick.

Scorpio, vexé et furieux, hurla :

— Si c'est cela que tu veux, tuons-le, Boa !

Les deux agresseurs bondirent alors sur Ships et Alberick. La pince de Scorpio manqua d'attraper Ships, tandis que les crocs de Boa n'arrachèrent qu'un morceau de tissu du manteau d'Alberick. Ships dégaina alors son lance-harpon, tandis que le mage sortit son Bâton. Ils commencèrent chacun à préparer leur attaque, quand Scorpio et Boa tombèrent au sol, raide mort. Les deux explorateurs levèrent la tête, et virent le blessé armé d'un pistolet, qui lançait des capsules de venin.

— Merci, dit Alberick au serpent

— Tais-toi, on ne s'excuse pas envers Dabra, l'interrompit la victime. Pourquoi êtes-vous là ?

— Nous avons seulement entendu quelques bruits venant d'ici et les injures que Boa criait, alors nous avons accouru.

Dabra ne l'écoutait pas, il fixait le Bâton de Durandal.

— Qu'est-ce que tu as là ? demanda-t-il.

— Je suis en mission, et…

— La mission d'Igïr ! s'exclama le serpent, mais j'ai alors quelque chose pour vous.

Il ouvrit sa gueule en grand et l'on vit une forme ronde parcourir tout son corps rectiligne. Il cracha soudain une pierre de couleur jaune dans sa main.

— Tenez, voici la Pierre Venin. Elle est à vous maintenant.

Alberick, dégoûté, attrapa la Pierre et l'inséra au bout de son Bâton. Une lumière jaune semblable à la lumière du soleil surgit de la bouche d'Alberick tandis que ses yeux changeaient de couleur. Ils passaient du vert au rouge, pendant que Dabra et Ships couvraient les leurs. Le mage avait ainsi les pouvoirs de la Pierre Venin en lui.

— Et quelles sont ses capacités ? demanda Alberick

— Je n'en sais rien du tout, répondit Dabra avec hésitation

Alberick approcha alors la Pierre de son Bâton vers la gueule du serpent. La Pierre du Mensonge obtenue la veille indiqua alors que le reptile mentait.

— Je te le demande une dernière fois, quels sont ses pouvoirs ?

— Tu injecteras du venin mortel à toutes les victimes que tu mordras, c'est son seul pouvoir, répondit Dabra en soupirant.

— Je te remercie, Dabra, mais nous devons maintenant reprendre notre route. Bon vent ! reprit Alberick.

— Oh, vous n'allez pas me laisser ainsi. Je pars avec vous.

— Après tout, nous ne dirions pas non à un nouvel équipier, dit Alberick en souriant.

Et tous trois reprirent la route, toujours vers l'ouest, à la recherche de la Pierre de Feu.

Après une centaine d'heures de marche et trois arrêts pour s'approvisionner en nourriture, le ciel commençait à s'assombrir. Les arbres devenaient de plus en plus rares, laissant une terre noire et sèche. Les habitations étaient vides, seules certaines étaient occupées par des nichés de merles ou de vrana, un grand oiseau noir hantant les plus grands contes d'épouvante. Un volcan en éruption était visible au loin. Malgré leur appréhension, nos trois héros suivirent le chemin du Bâton, qui semblait mené vers la montagne cracheuse de lave. Mais soudain, un régiment d'êtres en feu s'approchèrent des explorateurs.

— Que voulez-vous donc ? demanda celui qui semblait être le chef du groupe.

— Nous aimerions voir le détenteur de la Pierre du Feu, répondit calmement Alberick.

Tous les soldats levèrent soudain les yeux au ciel, tous étonnés.

— Suivez-moi, ordonna le chef.

Les soldats encerclèrent Alberick et ses acolytes et les accompagnèrent jusqu'au pied du volcan. Le commandant frappa du poing sur la roche, et le sol se mit à trembler. Il trembla si fort que la paroi de la montagne s'ouvrit comme une porte, laissant le passage au régiment et à leurs visiteurs. Ils entrèrent alors dans une immense salle, qui semblait être sous le niveau du magma. Dans cette salle se trouvaient des étagères de bibliothèque, avec des milliers de livres, ainsi qu'une fontaine de lave en son centre. Soudain, des aboiements résonnèrent dans la pièce. Un chien enflammé, fait de magma cristallisé, accourut vers le chef. « Oh, mon beau Hot, tu m'avais manqué », lui dit-il en le caressant de ses énormes mains. Une femme avec une chevelure de feu apparut sur le balcon au-dessus d'eux.

— Qui sont-ils ? demanda-t-elle avec nervosité.

— Ils veulent voir la détentrice de la Pierre du Feu.

La jeune femme sauta soudain au plafond.

— Faites-les monter.

Alberick, Ships et Dabra entrèrent alors dans une pièce qui semblait être un bureau. Ils s'assirent devant une table en pierre sous l'ordre de la femme, qui commença :

— C'est moi que vous vouliez voir ?

— Nous voulions voir le maître de la Pierre de Feu, répondit Alberick.

— Vous l'avez devant vous, dit la femme en souriant, je suis Folve, la nouvelle détentrice de la Pierre du Feu. Et pourquoi me cherchiez-vous ?

— Nous voudrions votre Pierre.

Folve fit de grands yeux, laissant un grand silence dans le bureau. Alberick reprit :

— Je suis missionné par Igïr, ancien missionnaire du Bâton de Durandal que j'ai ici même, et je suis à la quête des Pierres élémentaires, dont la Pierre du Feu.

— Je vous la donnerai, mais à une seule condition. Folve s'approcha du visage d'Alberick. Je vous la donnerai que si vous terminez vivants les épreuves que je vous dicterai. Suivez-moi.

Folve les accompagna sur le balcon de la grande salle principale.

— Grooz, prépare le terrain, ordonna-t-elle au chef du régiment.

— Bien madame.

Les trois héros descendirent alors les escaliers, suivant la belle Folve, jusqu'à une salle voisine, comportant plusieurs tribunes et une roche plate magnifiquement taillée au centre. « Monte là-dessus », ordonna Folve à Alberick en indiquant la roche centrale. Le mage grimpa sur le rocher et Grooz le rejoignit. « Je suis Grooz, maître des armées de Mademoiselle Folve, et ta première épreuve est de vaincre son soldat le plus fort, moi ! » hurla le commandant en braquant son énorme fusil vers Alberick. Il tira une grosse rafale de flammes que le mage esquiva d'un grand saut au bord de la roche. Il n'y avait pas d'eau dans la pièce, Alberick ne pouvait donc pas utiliser la Pierre de l'Eau pour affaiblir son ennemi. Aucune plante ne poussait dans les tribunes. Impossible d'attraper Grooz avec une tige de fleur comme il l'avait fait pour Tizzite. Mais Alberick eut une idée. Et si… Grooz lui fonçait une nouvelle fois dessus. Pas le temps de réfléchir. Il passa entre les jambes du commandant et lui sauta à la nuque, en frôlant le deuxième tir de flammes de Grooz. L'idée lui revint soudain. Il ouvrit alors en grand la bouche et mordit de toutes ses dents l'épaule de son adversaire. Un cri strident retentit au centre de la pièce. Grooz tomba au sol et s'avoua vaincu, paralysé par le venin d'Alberick. Ships et Dabra, spectateurs du combat assis dans les tribunes, applaudirent. Folve releva Grooz et lança un regard noir et glacé à Alberick.

— Il en est digne, c'est sûr, dit Grooz en s'essuyant le front...

— Non ! Pas encore ! l'interrompit Folve en se tournant vers Alberick. J'ai encore quelques défis pour lui. Viens avec moi. Allons au sommet du volcan.

Alors Folve et Lennart sortirent par la grosse pierre qui, encore une fois s'effondra, et s'arrêtèrent devant l'immense montagne volcanique. « Maintenant, escalade-moi tout ça. Je te rejoins là-haut », ordonna Folve, qui sortit un tube en métal de derrière son dos et qui s'envola en pressant la gâchette de son arme. Alberick réfléchissait. Comment allait-il grimper ce grand édifice ? Il tourna la tête et vit au loin une forêt. Ses espoirs prirent le dessus. Il tendit le Bâton dans la direction de la forêt lointaine. Alberick regardait alors les arbres, et en aperçut un se courber, jusqu'à ce que sa cime touche le sol. La terre se mit soudain à trembler. L'arbre grandissait et s'approchait d'Alberick. Son pouvoir avait fonctionné. Alors une fois l'arbre arrivé au pied du volcan, le mage le chevaucha et grimpa à l'aide des branches au sommet de la montagne de feu. Folve, assise au bord du volcan, tourna alors la tête et aperçu Alberick, arrivé au sommet. Furieuse, elle l'approcha et le félicita avec hypocrisie : « Maintenant, j'ai une dernière épreuve à te faire passer. Saute dans ce volcan, passe par la trappe en dessous de la lave et retrouve-moi dans mon bureau, c'est clair ? ». Alberick voulut négocier, mais Folve était déjà redescendue à la force de son *jetpack* de feu. Et elle ne riait pas, la Pierre du Mensonge le savait. Le magicien réfléchissait. Un arbre brûlerait dans la lave, et son corps fondrait en entier en quelques secondes. Que faire ? Alberick scrutait le paysage. Rien. Rien à l'horizon. Le corps d'Alberick commençait à chauffer, la fumée du volcan dépassant sûrement la centaine de degrés. Une goutte de sueur glissait sur son visage, et tomba sur son poignet. Il sursauta soudain. Pourquoi n'y avait-il pas pensé plus tôt ? Il suait de plus en plus. Alors il laissa pendant quelques minutes son corps dégouliner de sueur, et leva son Bâton. Il le fit tourner autour de lui et toute l'eau de son corps tournoya au-dessus de lui. Il s'enveloppa de cette bulle d'eau, prit une grande inspiration, et plongea en plein milieu de la lave. Il nageait dans le magma, retenant sa respiration depuis deux ou trois minutes et subissant la température démesurément élevée de la lave. Elle était visqueuse, et Alberick était à bout de force lorsqu'il atteignit le fond du volcan. Il cherchait la trappe que Folve lui avait indiquée, en tâtant le moindre mètre carré de roche. Alors qu'il perdait ses espoirs, il toucha un cercle de métal, la poignée de la trappe et la tira vers lui. La planche faite de gros galets s'ouvrit, aspirant Alberick et sa bulle d'eau dans une pièce, dans laquelle se trouvait un puits, que la lave utilisait pour remonter dans le volcan, une fois tombée dans la salle. La bulle d'eau d'Alberick explosa soudain et lui permit de reprendre sa respiration. Il se releva, reprit ses esprits et sortit de la pièce, pour rejoindre le bureau de Folve. Il entra et arriva derrière elle. Il l'entendait même discuter avec Ships et Dabra : « Je suis sincèrement navrée. Il est mort dans le volcan et n'a pas réussi mes épreuves.

Il n'était pas digne de porter ma Pierre ». Alberick l'interrompit alors : « Pourrais-je avoir ma Pierre du Feu, maintenant ? ». Elle se retourna, bouche bée, et accourut derrière son bureau. Elle prit la Pierre du Feu et la tendit à Alberick, sans un mot. « Merci beaucoup », lui dit-il avec provocation. Ils sortirent alors du bureau et rejoignirent l'allée centrale. « Astin ! » hurla Folve en se tournant vers la bibliothèque. Un être sortit alors des étagères. Il avait de grandes dents, et une longue queue au bout de laquelle une flamme jaillissait. Il marchait à quatre pattes et ses teintes rouges, bleues et jaunes s'accordaient si bien avec le décor qu'on l'aurait pensé taillé dans la roche.

— Il vous accompagnera dans votre périple, dit Folve. Donnez-moi la Pierre, que je l'insère dans votre Bâton.

Alberick lui tendit la Pierre du Feu, et elle l'approcha de l'extrémité du Bâton.

— Cette fois-ci, même pas de douleurs, reprit Alberick.

— Oh, c'est donc vous le messager d'Igïr ? demanda Austin, le nouveau coéquipier du mage.

— Oui, c'est bel et bien moi. Nous devrions d'ailleurs reprendre notre chemin. D'autres Pierres nous attendent.

— Bonne chance à vous, dit Folve, avec un sourire inédit.

Les quatre aventuriers sortirent alors du volcan de Feu et suivirent le chemin tracé par le Bâton.

— Et d'où viens-tu, Austin ? entama Ships.

— Oh, moi je suis du mont Friltote, une montagne enflammée du sud-est, qui abritait autrefois le grand Dieu Krill, dieu du feu et des flammes, qui m'a appris toutes les techniques de combat et de survie, comme…

Ses trois acolytes étaient déjà partis loin devant. « Eh ! Attendez-moi ! » cria-t-il avant de les rejoindre et de monter sur le dos d'Alberick.

Chapitre 7
La Pierre du Ciel

Alberick et ses trois complices marchaient à travers les villages et les forêts, à la quête de la prochaine Pierre. Le Bâton semblait perdu, ne montrait aucune direction précise, et changeait de sens à tout moment. Cela faisait maintenant trois nuitées que nos héros foulaient la terre, et ils commençaient à manquer de provisions. Ils s'arrêtèrent alors au pied d'un arbre et étalèrent leur camp. Dabra récupéra branches et feuilles pour se former un abri, tandis qu'Austin allumait un feu. Alberick, assis sur un rondin de bois, étudiait le Bâton. Aucune indication. La Pierre ne montrait aucun signe de vie et n'indiquait ni la direction ni l'identité de la prochaine Pierre. Ships était parti, non loin de là, pêcher quelques poissons et ramasser des baies pour le dîner. Ils s'assirent alors tous trois autour du feu de camp et mangèrent. Ships, épuisé, s'allongea sur un tas de feuilles mortes et s'endormit sans demander son reste. Austin le suivit, après avoir conté sa vie pour la centième fois, et se blottit contre un buisson. La flamme de sa queue s'éteignit, et sa peau s'assombrit. Il dormait à poings fermés. Dabra et Alberick discutèrent encore quelque temps, avant que le mage décide lui aussi de s'allonger sur son rondin, et de fermer les yeux. Dabra veilla encore un moment. Il regardait les étoiles à travers les feuilles des arbres, et étudiait leurs alignements. Il attrapa discrètement la sacoche d'Alberick et sortit ses livres. « Ancêtres et dinosaures ». Pas intéressant. « Pyramides et pharaons ». Trop compliqué. « Étoiles et constellations ». C'était parfait ! Il l'ouvrit à l'aide de sa queue et retrouvait les différentes observations qu'il venait de faire entre les pages. Il apercevait quelques fois une étoile filante, parcourant l'immense ciel au-dessus de sa tête, et s'écrasant sûrement sur une planète voisine. Il retrouvait aussi la constellation de la Lyre, du Gémeaux, ou encore du Dragon. Le dragon. Quel sublime animal, pensa Dabra en songeant. Son plus grand rêve serait de chevaucher un dragon. Il s'imaginait alors au temps des rois et des reines, qui parcouraient leur monde à dos de dragon. Zelfriano. Oui, Zelfriano. Ce serait le nom de son dragon, qu'il aurait conquis au sommet d'une montagne éloignée, avec sa fidèle femme, accompagnée de ses enfants. Il décida alors de se lever, pour digérer en marchant. Après avoir franchi des dizaines d'arbres et une petite centaine de buissons, il fut pris d'une fatigue soudaine. Il s'assit au pied d'un grand chêne, mais le sol se mit à s'effondrer. Le serpent tomba soudain sous l'arbre et atterrit plusieurs mètres plus bas, complètement déboussolés. Il se releva mais rechuta soudain. Le sol se remit à bouger. Il s'agrippa contre ce qu'il pensait être une racine, mais vit à la lumière une étrange pointe violette entre ses mains qui bougeait. Le sol se souleva soudain et ressortit avec Dabra du trou. La lumière de la nuit éblouit Dabra, qui baissa la tête. Il était sur le dos d'un dragon. Son rêve se réalisait enfin. C'était un petit dragon, avec une pointe métallique au bout de sa queue et un collier de fer autour du cou. Ses grandes ailes violacées et ses cornes, elles aussi métalliques, reflétaient les rayons de lune et formaient dans le ciel comme une ombre gigantesque. Dabra hurla soudain de joie. Alberick se réveilla alors. Le mage leva la tête, et aperçut Dabra, chevauchant son dragon et agitant son chapeau au-dessus du vide. Mais soudain le sol se remit à vibrer, et une nuée d'autres dragons, de toutes les couleurs, s'envolèrent vers le ciel et rejoignirent Dabra. Ils disparurent à travers les nuages, ne laissant derrière eux qu'un sinistre silence. Le Bâton s'agitait. Alberick le ramassa, et le pointa vers le ciel. C'était la direction de la prochaine Pierre. Alors le magicien réveilla brusquement ses deux autres acolytes et leur expliqua toute la situation. Il fallait trouver un dragon enfoui dans le sol et l'attraper en vol. Alors les trois héros traversèrent à toute vitesse les allées d'arbres et piétinaient chaque tas de feuilles ou de branches qu'ils voyaient. Ships soudain fut aspiré au fond d'un trou au pied d'un bouleau, et ressortit en une fraction de seconde, sur le dos d'un dragon. Alberick rappela alors Austin : « Monte sur mon dos, vite ! » lui ordonna-t-il. Alors Austin grimpa sur le dos d'Alberick, et posa sa tête sur le crâne du mage. Ils virent soudain une dizaine d'autres dragons sortirent de leur tanière et prendre leur envol vers les nuages. Alberick se mit à courir. Un vieux cyprès tremblait, alors les deux héros restants bondirent au pied du tronc et attendirent. Rien. Aucun dragon ne sortit du tas de feuilles au-dessus duquel ils étaient. Ils perdirent peu à peu leurs espoirs. L'arbre secouait de moins en moins, et plus aucun dragon ne s'envola. Mais soudain, le tas de feuillages s'affaissa et un grand dragon sortit, et Alberick, toujours avec l'enflammé sur le dos, lui sautèrent sur le dos et se laissèrent entraîner vers le ciel. Leur dragon était vert avec des pattes et des griffes très acérées. Sa queue avait l'air d'une feuille et se fondait dans la masse d'arbres en dessous d'eux. Ses yeux jaunes perçaient la lumière des étoiles et ses ailes semblaient couper le vent. Ils s'approchaient des nuages, mais manquaient peu à peu d'oxygène. Le dragon freina soudain son vol et se posa sur un des nuages qu'il venait de franchir. Les deux héros reprirent leur respiration et ouvrir les yeux. Une immense cité trônait sur le ciel étoilé. Ships et Dabra n'étaient toujours pas en vue, alors Alberick se mit à suivre la pointe du grand palais de la ville céleste. De petits nuages faisaient office de marches, qui montaient et descendaient, et qui continuaient le chemin menant jusqu'à la cité.

Un orage violent éclata soudain, les éclairs fendaient le ciel et la pluie faisait déborder rivières et fleuves. Austin et Alberick continuaient leur montée jusqu'au gigantesque palais. Des dragons volaient autour d'eux. Des verts, comme celui qu'ils avaient chevauché quelques minutes avant, mais aussi des blancs, des argentés, ou encore des bleus qui crachaient parfois des jets d'eau immenses. Soudain, les nuages s'alignèrent devant nos héros et formaient une grande route jusqu'à la ville. Des éclairs tombaient sur le sommet du palace. La vue était impressionnante. Malgré cela, le vertige d'Austin prit le dessus, et Alberick l'entendit fondre en larmes et serrer son cou. Le mage comprit, et lui ouvrit sa sacoche. Austin se faufila entre ses manches et se blottit dans la pochette d'Alberick, et s'endormit. Quel âge avait il ? Il était sûrement jeune, et encore quelque peu enfantin.

Le magicien continuait de sauter de nuage en nuage. Il lui paraissait marcher depuis une éternité. Mais soudain, le nuage sur lequel il venait de sauter s'éleva et s'envola jusqu'à l'entrée du palais, qui semblait encore plus grand de près. La porte s'ouvrit et Alberick la franchit avec prudence. Il tapota sur sa sacoche pour réveiller Austin. « Regarde-moi cela », lui dit-il lorsqu'il sortit la tête. L'orage grondait encore dehors, rendant l'atmosphère sombre et lugubre. Soudain, Alberick entendit une voix qui ne lui était pas inconnue : « Mes amis, venez par-là ! ». Dabra sortit soudain d'une pièce voisine.

— Dabra ! Mais où étiez-vous passés, toi et Ships ? demanda Alberick en le serrant dans ses bras.

— Pas le temps de discuter, viens par ici.

Dabra l'emmena alors dans la pièce en face d'eux. Elle était gigantesque. Des étoiles ornaient les murs, des éclairs venaient illuminer la pièce d'une lumière si éblouissante que nos yeux ne pouvaient pas rester ouverts très longtemps. Un soleil brûlant centrait la salle. Ships sortit de derrière un fauteuil en nuage :

— Mon mage ! cria-t-il en accourant vers Alberick, qui l'enlaça de toutes ses forces.

— Mais où étiez-vous donc passés ? J'étais très inquiet.

Un être au corps bleu, avec un nuage en guise de jambes, sortit alors de derrière le soleil.

— Vos amis m'ont tout expliqué, Monsieur Lennart, annonça ce nouvel être. Oh, veuillez m'excuser, je ne me suis pas présenté. Je suis le Dieu Ciel, et détenteur de la Pierre du Ciel, je crois que c'est surtout ce qui vous intéresse.

— Je vous remercie de m'avoir emmené ici, Dieu Ciel, et je suis donc missionné par…

— Oui, oui, je sais déjà tout, l'interrompit sèchement le maître du Ciel. Mais j'ai une mauvaise nouvelle.

Nos quatre héros se tournèrent soudain vers lui, pétrifiés. Le Dieu Ciel reprit :

— Ma Pierre du Ciel est… disparue.

Alberick fit de grands yeux désespérés.

— Le grand Vihar me l'a dérobé pendant la Guerre des Étoiles. Je ne l'ai malheureusement plus. Et Vihar… a disparu lui aussi. Je suis sincèrement navré.

— Avez-vous des soldats ? demanda Alberick, pensif.

— Il me reste encore peut-être deux centurions.

— Je pense que ceux-là feront l'affaire, s'exclama Alberick avec enthousiasme.

Une idée lui était venue en tête. Ils allaient, lui, ses compères et l'armée du Ciel, suivre la direction du Bâton pour retrouver la Pierre, et mater le grand Vihar, comme l'avait appelé le Dieu Ciel, qui frottait sa barbe rousse.

— À quoi songez-vous, Lennart ? demanda-t-il.

— Donnez-moi vos soldats, et nous suivrons la route jusqu'à la Pierre, faites-moi confiance.

Alors le Dieu Ciel s'éclipsa soudain et revint quelques minutes plus tard, avec deux personnes sous les bras.

— Voici Ging, mon maître des armées, qui connaît les arts martiaux comme personne.

Ging était un vieux singe blanc avec un casque en forme de cloche et un grand bouclier accroché dans le dos.

— Et voici Falk, un de mes disciples favoris. Il connaît toutes les techniques de combat, et son faucon du Ciel est la meilleure arme que je n'ai jamais vue.

Falk était plutôt petit, mais avec de gros poings. Son faucon perché sur l'épaule, il paraissait fort et fier.

Ils sont à vous. Les amis, dit-il en se tournant vers ses deux soldats, écoutez-le et obéissez à tous ses ordres sans exception.

— Chef, oui chef, crièrent-ils en chœur.

Alors Alberick prit les devants et sortit du palais. Il leva son Bâton, et fixa la Pierre. « Suivez le Bâton ! » ordonna Alberick. Alors Falk et Ging passèrent en avant et sautèrent dans un courant d'air, qui les emmena au loin en quelques secondes seulement. Les héros les rejoignirent et les soldats de l'armée du Ciel terminèrent la marche. L'orage reprit. Le vent soufflait de plus en plus fort et la pluie coulait à flots. Tous atterrirent sur un nuage noir, après quelques minutes de vol. Une voix grave retentit, et un énorme nuage gris, assis sur un trône en face d'eux, se releva :

— Qui va là ?

— Nous sommes ici pour terminer le boulot, hurla Falk.

— Et nous venons récupérer la Pierre du Ciel, ajouta Alberick.

Le nuage soupira alors de nervosité.

— Et en quel droit veux-tu *ma* Pierre ? demanda-t-il. Je suis Vihar, maître des orages et des torrents, et plus jamais personne ne viendra me défier. Périssez, mes amis, périssez !

Soudain, un éclair s'écrasa au centre du régiment de soldats célestes. Une vingtaine de guerriers venaient de périr, sans avoir pu enclencher le combat. Alors Alberick et son armée foncèrent tête baissée sur Vihar. Des éclairs tranchaient les membres des soldats un par un. Alberick arriva alors au pied du nuage géant. Il attrapa Austin par la queue, et leva son Bâton. Des flammes survolaient désormais le champ de bataille. Vihar était alors aveuglé par ce feu, qui chauffait peu à peu l'air ambiant. Malgré ces flammes, la pluie continuait d'inonder le front. Alors Alberick plongea à l'intérieur du nuage gris et remontait vers sa tête, grâce à la force de l'eau de pluie qu'il contrôlait. Vihar le menaçait, et des éclairs frôlaient le corps d'Alberick, si petit face au grand être qu'était Vihar. Il arriva au niveau de ses yeux, et vit sur le front du nuage un morceau de métal, qui pouvait s'ouvrir. Alors Alberick nagea jusqu'à cette plaque, mais fut soudainement foudroyé par un éclair, qui l'éjecta jusqu'au milieu du champ de bataille. Complètement perdu, il s'évanouit et resta au sol, sans bouger. Falk l'avait vu chuté, et remarqua lui aussi la plaque métallique sur le front de l'ennemi. Alors le commandant des armées célestes élança son faucon, qui parcourut tout le corps de Vihar à une vitesse folle. Il inséra ses serres dans la poignée et tira de toutes ses forces. Le loquet soudain céda et une boule blanche glissa et s'envola dans les airs. Alors Ging, muni d'une planche volante, démarra et récupérer la sphère en plein vol, et la ramena vers Alberick, qui venait tout juste de se réveiller. « Laissez ça ! » cria Vihar. Notre héros prit alors la Pierre et l'inséra dans son Bâton. La douleur fut instantanée et insupportable. Ships observait la scène, et les veines d'Alberick ressortaient sur sa peau, comme s'il allait exploser. Le mage reprit ses esprits et s'approcha de Vihar. « Il est trop tard, Vihar. Tu es fini », dit-il avant de prendre son envol, grâce à ses nouveaux pouvoirs, et de s'arrêter devant ses yeux. La peur luisait du visage de Vihar.

— Me crains-tu ? demanda Alberick

— Absolument pas, répondit Vihar.

Mais il mentait. La Pierre du Mensonge le savait. Alors Alberick récupéra les flammes perchées au-dessus du front et les envoya sur le corps de Vihar, qui explosa de l'intérieur.

Le Ciel était maintenant calme et lumineux. Le Soleil avait refait son apparition et les oiseaux reprenaient le cours de leur vie. Les soldats soufflèrent tous, pour relâcher la pression, et tous se mirent à rire. Ils criaient « Hourra ! » ou encore « Vive Lennart ! ». Alberick souriait, et reprit le courant d'air, pour revenir au palais du Dieu Ciel.

Folk passa le premier la porte d'entrée, et cria au maître du Ciel : « Il est extraordinaire ! Il maîtrise les pouvoirs du Ciel comme personne ! ». Le Dieu Ciel caressait sa moustache.

— Félicitations, mon brave, dit-il à Alberick. Avez-vous besoin de quelque chose pour reprendre votre quête ?

— Je trouve votre disciple Falk très doué. Pourrait-il m'accompagner ?

Un sourire apparu sur les lèvres de Falk. Dieu Ciel se tourna vers lui, et lui fit un geste de tête approbateur.

— Il est à vous, alors, reprit le maître. Que tout se passe bien pour vous, Dieu est derrière vous.

— Merci, dit Alberick en partant.

Et les aventuriers sautèrent dans un courant d'air pour les ramener au sol tous ensemble, et reprirent la route dans la direction du Bâton, le faucon de Falk survolant les environs, traçant le parcours à suivre.

Chapitre 8
La Pierre de Mage Müll

Nos cinq héros suivaient le faucon les survolant, dans la direction du Bâton. Ils traversaient des forêts, sautaient par-dessus des ruisseaux et s'abritaient des pluies torrides de la région. Leur randonnée était interminable. Cela faisait maintenant trois semaines qu'ils marchaient, franchissaient une infinité de ponts et faisaient du porte-à-porte pour mendier l'hospitalité. Ils étaient à bout de force. Austin avait niché dans la sacoche d'Alberick, tandis que Dabra n'ouvrait sa gueule que pour se plaindre. Ships était très calme, et passait de minutieuses minutes à essuyer et arranger son lance-harpon, toujours accroché dans son dos. Falk, lui, sifflait et jouait avec son faucon, qui commençait lui aussi à fatiguer. Il se posait parfois sur le casque de son maître ou sur l'épaule d'Alberick pour se reposer. Ils s'arrêtaient parfois pour contempler les poissons qui sautaient par-dessus les lacs, ou encore les troupeaux d'antilopes qui couraient à travers les plaines désertes. Des insectes volants parcouraient les allées d'arbres et les champs, tandis que des petites souris leur couraient après pour en faire leur souper. La faune était au complet. Un soleil éclatant illuminait cette splendide nature offerte à nos héros, qui continuait de suivre aveuglément le Bâton. Ils décidèrent un soir de faire une grande pause, pendant quelques nuitées, et de demander l'hospitalité dans un camp installé au bord d'un marais. Le chef de la troupe les accueillit avec plaisir et leur installa des couchages dans une vieille tente en bois sur la plage. Ships et Falk s'endormirent très rapidement, n'attendant même pas le bon repas proposé par les femmes du camp. Alberick, Austin et Dabra allèrent alors manger, sur la grande tablée installée entre plusieurs tipis délabrés. Soupe d'artichaut girofle et salade de crottins, un petit légume poussant très profondément dans la terre, étaient au menu. Les assiettes coupèrent la faim à Dabra, qui prétexta une fatigue soudaine et retourna dans la tente. Austin et Alberick dînèrent avec appétit. Une touche de menthe relevait parfaitement le goût de l'artichaut, tandis que la sauce au jus de groseille adoucissait l'amertume des crottins. Les hommes servaient avec le repas un vin fait par leurs propres mains, qu'ils appelaient « Fitou ». Les petits garçons débarrassèrent les assiettes et en dessert, les fillettes du camp apportèrent du flan au tilleul et à la violette. Alberick demanda de l'eau chaude et sortit de sa sacoche une infusion à la cannelle, qu'il mit dans sa tasse. Austin et le mage étaient repus. Ils s'approchèrent du chef du camp à la fin du repas, et Alberick le remercia. C'était une grande guêpe avec un abdomen pointu, qui laissait sortir la pointe de son dard. Il pouvait sortir de ses poings des lames en forme de scie, qui semblaient très tranchantes. Ses longues antennes parcouraient tout son dos et s'arrêtaient vers ses talons. Il avait de grands crocs sur la mâchoire inférieure et souriait sans cesse pour les montrer. Bubble était son surnom, comme l'avait-il dit aux aventuriers après les avoir accompagnés jusqu'à leur abri. Austin escalada le bois de la tente et s'accrocha par la queue sur la poutre principale pour s'endormir profondément. Alberick veilla encore quelque temps, assis sur un banc en dehors de la tente, à observer la demi-lune. Qu'y avait-il sur la face cachée ? Il se posait cette question sans cesse en admirant les cratères sur notre satellite. Son Bâton était à ses pieds et se mit soudain à changer de direction. La prochaine Pierre semblait s'approcher d'ici. Alors il se leva et grimpa au sommet de leur tente. Il observa les environs, et vit une grande chenille s'approcher en courant. Elle avait de grosses lunettes rondes sur les yeux, et son veston marron semblait renfermer des dizaines, voire des centaines de minuscules pattes. Ses antennes le guidaient dans sa course, et sa queue le poussait en avant tant ses autres membres paraissaient inefficaces. Il arriva au camp, provoquant un grand silence tant les habitants semblaient inquiets. « Il est là, à mes trousses ! cria la chenille, et je dois la protéger ! ». Alors Alberick descendit de son perchoir et accourut vers Bubble.

— Que se passe-t-il ici ? demanda-t-il

— C'est Scollius, le détenteur de la Pierre de Mage Müll. Il est en danger, et la Pierre aussi. Il a besoin de nous, alors nous nous préparons à une invasion.

Alberick sursauta soudain. Il devait les aider, pour récupérer ensuite la Pierre, celle qu'il cherchait. Il courut vers sa tente et réveilla ses acolytes. Tous se ruèrent vers la table sur laquelle ils avaient mangé, et ramassèrent les boucliers et les épées encore au sol. Soudain, Bubble s'approcha d'Alberick, et lui fit signe de le suivre. « Quelqu'un te demande », lui dit-il en l'accompagnant jusqu'à un tipi revêtu d'une housse verte et de grands yeux globuleux. Cela ressemblait à un être des légendes de campagne, qui mange les enfants et sucent le sang des femmes. Alberick dégagea alors le rideau et entra sous l'abri. Des bougies et de l'encens étaient disposés dans toute la pièce, au milieu desquels un lit était placé avec un corps couché, semblant fatigué et mourant. L'homme du lit ouvrit les yeux et se tourna vers Alberick. « Approche », lui ordonna-t-il. Alors le magicien s'approcha et le mourant l'attrapa par le bras. Alberick perdit soudain conscience et fut replongé dans des souvenirs anciens. Alberick était encore jeune enfant, et son père Marten le tenait par la main. Il l'emmenait dans une chambre, avec, comme dans la tente dans laquelle il était, des bougies et des chandelles au sol, et un lit habité par une vieille femme. « Va dire au revoir à Grand-Ma », lui dit son père. Alberick s'approcha du corps mort de sa grand-mère, s'appuya sur le lit et lui baisa le front, où tomba une de ses larmes de chagrin. Un autre homme entra soudain dans la pièce. C'était son grand-père. L'homme couché dans la tente était le grand-père d'Alberick. Le souvenir reprit. « Je vais m'en aller aussi », annonça le grand-père en sortant à nouveau de la pièce mortuaire. Alberick, encore jeune, fondit en larmes et sauta dans les bras de son père. Le mourant lâcha le bras d'Alberick, qui rouvrit les yeux, et regarda dans les yeux son grand-père, qui lui souriait tendrement. Il le serra soudain dans ses bras. « Grand-Pa ! » dit Alberick en versant quelques larmes.

— Tu m'as manqué, reprit Alberick après s'être essuyé les yeux.

— Je suis parti pour toi, mon enfant, rétorqua Grand-Pa, pour te préparer un bel avenir.

Alberick fronçait les sourcils.

— Je ne comprends pas, Grand-Papy.

— Je sais tout de toi. Je sais que tu es missionné par Igïr, que tu détiens le Bâton de Durandal, et que tu recherches les Pierres qui le composent. Alors, lorsque je suis parti de Nayon, j'ai tout fait pour créer une Pierre. La Pierre des Animaux, la Pierre de Mage Müll, qui est aujourd'hui mon nom. C'est moi qui ai ordonné à Igïr de te donner cette quête. Je savais à quel point tu étais courageux et brave. Tu étais né pour accomplir cette mission.

Alberick souriait. Il était soudain fier de son grand-père, pour qui il avait ressenti de la haine et de la colère toute sa vie, pensant qu'il avait abandonné toute sa famille. Il reprit son grand-père dans ses bras, se releva et annonça :

— Je défendrai ton peuple, Mage Müll, je te le promets, je contrôlerai ta Pierre, et je gagnerai cette guerre, en ton honneur.

— Je serai toujours à tes côtés, mon enfant, toujours. Il est temps que je parte, mon heure est venue. Que la force et le courage soient toujours avec toi, mon Alberick.

— Grand-Pa, non !

Les bougies s'éteignirent et Mage Müll disparut, ne laissant que des pétales de roses s'envoler au-dessus du lit. Alberick se releva soudain, essuya rapidement ses larmes et sortit de la case. « Aux armes ! » cria-t-il à la foule installée autour de la table. « Vous avez entendu ? Aux armes ! » répéta Bubble en souriant à Alberick. Alors tout le campement ramassa ses armes et ses boucliers, se mit en position de défense, et attendit. Scollius s'approcha du magicien et lui tendit la Pierre de Mage Müll : « Prends-la, c'est ce qu'il voulait », lui dit-il avant de s'aligner à côté des campeurs armés. Alors Alberick inséra la Pierre dans son Bâton, et poussa un cri qui résonna jusqu'à l'autre côté du marais. La Pierre lui faisait tourner la tête, et lui repassait son souvenir en boucle, mais il se releva et demanda à Scollius :

— Qui nous attaque ?

— Mon frère, Ektör, qui est jaloux de tout ce que j'ai hérité de nos parents massacrés par la guerre. Nous sommes complètement différents, et il est très puissant.

Alberick fixait l'horizon. Il vit soudain un nuage de poussière se déplacer jusqu'au camp, et aperçut Ektör, courant dans leur direction à une vitesse fulgurante. Il arriva au niveau des tentes, et détruisit tout sur son passage. Il était armé d'une énorme roche ronde ornée de pointes en diamant, accrochées à une chaîne, qu'il faisait tourner autour de lui. Les soldats bondirent alors sur lui, mais se firent rapidement éjecter et écraser par son immense arme et par sa colère. « Vous mourrez tous ! » s'écria-t-il en fixant Scollius. Il sauta alors sur la table, et son rocher vint s'écraser entre Alberick et Bubble. Austin, complètement apeuré, rentra dans la sacoche de notre héros, tandis que Dabra se cachait derrière une tente, impuissant. Ships tirait des harpons dans tous les sens, sans grand succès, tant Ektör était rapide et esquivait chaque projectile. Falk était accroché aux serres de son faucon et tentait, en vain, de sauter sur l'ennemi. Le nombre de soldats diminuait littéralement. Bubble sortit ses griffes acérées et fonça sur Ektör, attiré par Scollius, qui fuyait. Une des lames de la guêpe se planta dans le bras de l'adversaire, que l'on entendit gémir dans tout le campement. Mais il en fallait plus. Ektör se releva, ramassa la chaîne de son arme et lança sa roche directement sur Bubble. Alberick bondit sur l'insecte et le sauva du violent coup d'Ektör, qui creusa un grand trou dans la terre. Alberick prit la queue d'Austin, cachée dans son sac, et leva son Bâton. Des flammes survolèrent Alberick et foncèrent directement sur la chaîne d'Ektör, qui fondit instantanément. Alors Scollius accourut sur la roche ornée de diamant maintenant au sol, et la souleva. Il s'approcha de son frère et lâcha le rocher pointu à ses pieds. Ektör bondit et esquiva le caillou, et planta ses griffes dans le corps visqueux de Scollius. Le temps paraissait s'être arrêté. Tout le monde lâchait ses armes et tournait la tête vers le corps de Scollius, en sang. « Tu n'as que ce que tu mérites », cria Ektör, en découpant le corps de son frère en deux, le laissant pour mort sur la plage. Tout le camp soudain s'agenouilla devant le vainqueur, le grand Ektör. Alberick resta debout :

— Tu n'implores pas ton nouveau maître ? dit Ektör avec arrogance.

— Je ne suis pas fait pour cela, répondit Alberick en levant son Bâton.

Il se tourna vers le marais, et un immense crocodile sauta au-dessus du camp et cachait même le soleil sur toute la plage. Alberick pointa Ektör avec le Bâton, et le reptile vint s'écraser sur l'ennemi, ne laissant aucune trace de lui. Le campement se releva, stupéfait, et soudain s'approcha d'Alberick. « Notre sauveur », criaient-ils tous avec des larmes plein les yeux. Alberick revint vers Bubble :

— Tu es donc le nouveau chef du camp, lui dit-il en retournant vers sa tente.

— Mais…

— Ne discute pas, tu es le nouveau chef.

Et Alberick rentra dans sa tente, s'allongea, et s'endormit, avec Austin entre les bras.

Le lendemain matin, après le lever du soleil, Alberick rejoignit la table où tous ses compères se trouvaient déjà. Pour le déjeuner, les campeurs avaient préparé du pain à la farine de seigle, une omelette aux œufs de cailles et aux champignons des bois et de la confiture de fziti. Ships avait une faim de loup, et dévora son assiette en peu de temps. Dabra se décida enfin à manger, tant la faim lui torturait l'estomac, tandis qu'Austin et Falk mangeaient leur portion, sans demander plus. Alberick savourait sa tartine lorsqu'un *golub*, un oiseau des villes se posa à côté de lui. Il portait autour du cou un collier rouge, sur lequel un morceau de papier roulé était accroché.

« Alberick, reviens au village de Pandoosh, il a des informations sur une des Pierres du Bâton, la Pierre Rocheuse. Je vais mieux, ils m'ont tous soigné à l'aide de plantes à l'odeur nauséabonde et de fleurs aux couleurs étranges, alors tout va bien. Reviens vite, j'ai malgré tout besoin de toi.

Ton fidèle Vatra »

Alors Alberick retourna dans la tente en vitesse et prépara ses affaires. Ses acolytes le rejoignirent et prirent leur sac sur le dos. Alberick retourna vers Bubble :

— Nous devons partir, Chef.

— Merci, je vous souhaite bonne chance. Que Mage Müll soit avec vous.

Alberick versa une petite larme, qu'il essuya rapidement. Il savait que Mage Müll était là, près de lui.

Les héros reprirent la route, en direction du village de Pandoosh. Austin dormait dans la sacoche, Ships avait pris les devants et ne parlait pas, tout comme Dabra, muet depuis leur départ. Seuls Alberick et Falk discutaient, à l'arrière du peloton, en admirant les paysages alentour.

Chapitre 9
Roche de Glace

Les explorateurs avaient repris la route en direction du camp de Pandoosh, pour venir aider Vatra, comme il l'avait dit sur sa lettre. Ils firent tout le trajet en sens inverse, franchirent les mêmes ponts, les mêmes rivières et les mêmes habitations durant une vingtaine de jours. Alberick était inquiet. Pourquoi Vatra avait-il besoin de lui ? Il s'imaginait les pires scénarios. Pandoosh les avait-il trahis, et avait-il enfermé et torturé Vatra ? Alberick accéléra alors le pas, malgré le mécontentement de ses compères. Ils étaient de plus en plus épuisés, traînaient du pied, et ralentissaient à chaque montée. Mais Alberick n'abandonnait pas, et s'aidait de son Bâton pour faire de grands pas rapides. Ils marchaient maintenant depuis presque un mois, et décidèrent de s'arrêter pendant plusieurs jours, pour se réapprovisionner et reprendre des forces. Un vieux fermier les accueillit dans sa grange et leur offrit un tas de paille chacun en guise de lit. Dabra récupéra quelques branchages au pied d'un pommier et Austin alluma un feu devant la grange à l'aide de sa queue de flammes. Le fermier leur amena une poule pour leur repas et retourna se coucher chez lui. Ships s'occupa d'abattre la volaille. Il passa derrière la baraque, ses amis se bouchèrent les oreilles et l'on entendit la bête gémir à plusieurs kilomètres à la ronde. Il revint et l'embrocha, pour l'accrocher au-dessus du feu. Alberick avait ouvert certains sachets d'infusions pour fourrer la poule avec de la menthe, du thym et d'autres herbes aromatiques. Falk et son faucon mettaient en place les couchages, pour que la nuit soit la plus longue possible. Il sifflait en travaillant. Alberick et les autres l'accompagnèrent. Une fanfare résonnait dans toute la vallée. Les oiseaux nocturnes se mêlèrent à la fête, tout comme les petits rongeurs et les insectes, qui s'étaient installés autour du feu. Chacun dégustait son morceau de viande. Dabra dévorait tout ce que l'on posait en face de lui. Son corps se remplissait et grossissait à vue d'œil. Austin flambait sa cuisse de poulet avec une grosse flamme sortie de sa gueule, tandis que Ships partageait son morceau d'aile avec un loir et une loutre assis à ses côtés. Alberick et Falk étaient assis l'un à côté de l'autre et discutaient de leur vie et de leur famille. Alberick avait alors appris que Falk était fils de forgeron, mais que ses parents l'ont abandonné lors d'un voyage en diligence, sur une route de campagne. Il pleuvait cette nuit-là, et le Dieu Ciel l'avait recueilli et s'était occupé de lui jusqu'à aujourd'hui. Son faucon avait été justement fabriqué par son père, qui lui avait confectionné des ailes et un bec si réaliste qu'Alberick l'avait confondu avec un vrai animal, alors que ce n'était à la base qu'un jouet, que le Dieu Ciel a animé. Falk retenait ses larmes pendant son histoire, alors il décida d'aller se coucher. Austin, encore gamin, le rejoignit et se percha sur une fourche en hauteur. Dabra et Ships se disputaient à table. L'un était pour l'arrêt total des cultures du riz, tandis que l'autre était au contraire pour l'augmentation des récoltes. Le débat était animé. Les petits vers et orvets qui accompagnaient Dabra se battaient avec les petits lézards et grenouilles qui défendaient Ships. Dabra soudain abandonna, remercia ses animaux, et partit dans la grange, furieux. « Bien joué », dit Alberick à Ships en souriant. Et les deux compères se mirent à rire, accompagner de toute la faune alentour. Alberick cria alors à la fatigue, et Ships et lui rejoignirent leurs acolytes dans la grange. Avant de refermer la porte, Alberick laissa entrer toutes les petites bêtes de la nature qui attendait devant lui, avec de grands yeux tristes. Il ouvrit une malle qui se trouvait dans un coin de la baraque, et tous les animaux sautèrent à l'intérieur et se serrèrent pour que tous puissent rentrer. Alberick s'endormit très rapidement, et les ronflements de tout le monde retentissaient dans toute la grange.

Le lendemain matin, le fermier vint ouvrir la grande porte vers dix heures et réveilla ses hôtes. Alberick avait promis à ce paysan de l'aider pendant quelques jours en échange d'un couchage. Alors tous se levèrent, s'habillèrent et prirent les outils apportés par le fermier. Il s'appelait Georges Poitry, comme l'avait appris Alberick lorsque ; paysan lui racontait toute sa vie, la vie de ses ancêtres et la vie de tout le village à côté duquel il vivait. Ships, Falk et Dabra bêchaient la terre sous les ordres de Georges, tandis qu'Austin brûlait les mauvaises herbes arrachées par Alberick. Même les grenouilles et serpents, qui avaient couché avec nos héros, retournaient la terre à l'aide de leur queue ou de leurs pattes, tandis que les vers étaient utilisés pour refaire un bon terreau à Poitry. Après une bonne journée de labeur, Alberick, ses amis et ses animaux se remplirent la panse et allèrent se coucher, rejoints par d'autres petits oiseaux, par de petits insectes volants ou encore par des rats des champs, encore couverts de blé. Alberick veilla un instant, et monta à l'étage de la grange. Le toit était troué à certains endroits, et le magicien admirait les étoiles à travers les fissures de la toiture. Cette fois-ci, il voyait la constellation de la Dorade, ainsi que celle de Pégase. Son père lui avait conté une histoire sur Pégase, le cheval céleste, et lui avait confié que cet alignement d'étoiles portait chance. Alors Alberick ferma les yeux, et fit un vœu. Il redescendit de son observatoire et se coucha sur son lit de paille, et tomba dans un sommeil très profond, plein d'imagination et de rêves.

Au petit matin, tous les nouveaux employés de Georges se levèrent vers neuf heures, et reprirent leur travail. Les rats creusaient des trous, tandis que les oiseaux y plantaient des graines. Sur un autre champ récemment acquis par le fermier, Ships, Austin et les grenouilles arrachaient les plantes parasites pendant que les pies ramassaient les feuilles mortes recouvrant la terre. Falk envoyait son faucon sur les bêtes qui n'obéissaient pas aux nouveaux ordres, tandis que Dabra guidait ses asticots vers les champs à labourer. Alberick arrosait les petites pousses de haricot grâce à son Bâton, et ramassait quelques plantes médicinales trouvées sur le chemin. Toute la troupe était à l'œuvre. Au bout de nombreuses heures de travail, tout le groupe s'installa vers la grange et mangea le mouton d'un ami berger abattu la veille. Georges, fatigué, ne dîna pas avec eux, et alla rapidement se coucher chez lui. Ils étaient de plus en plus nombreux autour du feu. Des lézards, des crapauds, des grenouilles, mais aussi des moineaux, des hirondelles. Toute la faune de la région était au rendez-vous. Des souris et leurs petits s'étaient invités dans la grange, comme l'avaient fait les cigales et les bousiers pendant la soirée. La Pierre de Mage Müll devait sûrement attirer les animaux, pensait Alberick. Ils allèrent ensuite passer la nuit à l'intérieur de la grange, qu'Alberick avait aménagée avec du foin, des plantes et de la paille pour pouvoir accueillir tout le monde.

Dernière journée à la ferme, les ouvriers se levèrent de bonne heure prêts à travailler. Tout le monde était très efficace. Les lièvres venus durant la nuit creusaient comme personne, tandis que les belettes éloignaient les rapaces, attirés par les petits rongeurs des champs. Vers quatre heures de l'après-midi, alors que toute la troupe travaillait encore sans relâche, Georges appela Alberick :

— Vous partez ce soir, mon cher, alors j'ai quelque chose à vous proposer. Je peux vous accompagner là où vous le voudrez en diligence, avec tous vos amis et tous vos animaux.

— Vous êtes si généreux, répondit Alberick en lui serrant la main.

La journée de dur labeur se termina, et nos héros préparèrent leurs affaires. Tous, explorateurs et animaux, montèrent dans le véhicule de Georges, qui prit la route du camp de Pandoosh. Il ne fallait environ plus qu'un jour de voyage. Alberick était installé à l'avant, aux côtés du paysan, tandis que derrière, toute la foule était serrée, mais impatiente d'enfin arriver à destination. Au bout de sept heures de route, ils s'arrêtèrent pour nourrir les chevaux, et Alberick prit les rênes pour le reste du trajet.

Après une nuit de voyage, ils arrivèrent enfin au camp de Pandoosh, accueillis par une foule de campeurs en furie, qui criait et applaudissait. Tous les passagers descendirent, et Alberick remercia Georges, qui s'éloigna avec son attelage, et rentra chez lui. Le magicien rentra dans le camp, salua Pandoosh, et s'approcha du tipi central. Vatra venait d'en sortir. Alors Alberick accourut vers lui et le prit dans ses bras.

— Qu'est-ce que tu m'as manqué, lui dit-il en le reposant au sol.

— Moi aussi, mon ami. Mais nous avons besoin de toi. Regarde, dit Vatra en montrant du doigt la montagne en face, elle se fend en deux. Tout cela à cause de la Glace. Pandoosh a des nouvelles sur les prochaines Pierres.

— Alberick, dit Pandoosh, qui venait d'arriver. Nous avons besoin de toi. Va chercher la Pierre Rocheuse, au sommet de cette montagne, et sauve-nous de Wasp, la déesse de la Glace, qui gèle peu à peu tout notre territoire. Certains de mes hommes sont morts, écrasés par des avalanches ou encore complètement paralysés par le froid glacial qu'elle répand. Aide-nous, s'il te plaît.

Pandoosh était à genoux, devant Alberick, lui baisant les pieds.

— Amène-moi jusqu'au détenteur de la Pierre Rocheuse, ordonna-t-il au chef du camp, et je ferai ensuite tout mon possible pour aider ton peuple.

— Tu es un brave, mon cher Alberick, dit Pandoosh en rentrant dans son tipi.

Il en ressortit avec une carte de la montagne Rocheuse, plus haut sommet du monde, où se trouvait la Pierre Rocheuse. Alberick donna l'ordre à ses autres amis de rester au camp, pour veiller sur les femmes et les enfants du peuple. Pandoosh amena alors l'aventurier vers une écurie, et tous montèrent sur un bélier de course, et prirent la route qui menait à la montagne Rocheuse.

Ils atteignirent rapidement le pied de la montagne, et furent interpellés par deux géants de pierre, armés d'un énorme marteau. Ils portaient chacun un casque et des épaulettes argentées ornées d'émeraude et de saphir. Ils semblaient encastrés dans la terre tant leurs grands pieds creusaient d'immenses trous dans le sol.

— Qui êtes-vous ? dit l'un d'eux. Sa voix résonna dans toute la vallée.

— C'est moi, Pandoosh, et j'aimerais voir Trice.

— Attendez une seconde, reprit le géant, en bondissant de toutes ses forces.

Il monta jusqu'au sommet de la montagne, aux portes du palais, indescriptible d'en bas, et redescendit soudain, en faisant trembler le sol.

— C'est bon, vous pouvez monter.

Alors Alberick et le panda montèrent chacun sur un géant, qui s'envola et les déposa devant le palace. Les portes s'ouvrirent et laissèrent les héros pénétrer dans une immense cour intérieure, dans laquelle se trouvaient de gros rochers. Soudain, un dinosaure bondit sur l'une des roches.

— Pandoosh, mon bon ami, dit le tricératops. Que fais-tu ici ?

— Moi et mon ami Alberick avons besoin de toi, Trice, répondit Pandoosh. Nous voudrions ta Pierre, la Pierre Rocheuse, afin de sauver ta montagne ainsi que mon peuple de la Glace de Wasp.

Trice descendit de son rocher. Soucieux, il tourna autour d'Alberick. Il le reniflait, le scrutait d'un regard curieux et grattait parfois la terre avec ses griffes. Sa carapace marron et ses piques dorsaux d'une couleur dorée se fondaient dans la masse de rochers autour de nos héros. Il avait hérité des grandes et belles dents de son grand-père, le roi Tricératops, et son imposante massue au bout de sa queue devait venir de son oncle, vieux guerrier du peuple Jurassique. Il paraissait encore jeune, mais malgré tout féroce et violent.

— Attendez-moi ici, ordonna-t-il à ses deux invités.

Il revint quelques secondes plus tard, avec la Pierre Rocheuse entre ses trois cornes pointues sur son crâne.

— Prenez-là, et repartez. Sauvez mon monde, et je t'aiderai, dit-il en se tournant vers Alberick, lors de ta guerre contre la Mort.

Le magicien le remercia, prit la Pierre et l'inséra dans son Bâton. La montagne se mit à trembler. Une douleur forte et intense lui parcourut tout le corps, des pieds à la tête. Il avait l'impression d'avoir des membres de pierre et d'avoir une masse cent fois plus élevée. Après avoir repris ses esprits, Alberick leva son Bâton et des dizaines de roches s'élevèrent soudain au-dessus de sa tête. « Bon courage », lui dit Trice avant de retourner sur son rocher.

Alberick contrôla les roches qui le survolaient, et les plaça à l'aide de son Bâton à ses pieds, pour former des marches jusqu'en bas du mont. Une fois arrivés en bas, Pandoosh et le mage remontèrent sur leur bélier et retournèrent au campement. La neige s'était encore propagée sur plusieurs tentes, et certains hommes et femmes s'étaient fait enfermer dans de la Glace. Alberick rappela tous ses amis et toute son armée d'animaux, et tous partirent dans la direction que le Bâton indiquait, dans la direction de la déesse de la Glace, Wasp. Les petites souris glissaient sur la Glace, tandis que les ailes des piverts gelaient. Les lézards et les grenouilles, à bout de force, s'arrêtèrent sur le bord de la route, et les scarabées volants se laissaient emporter par la bise froide qui venait de la montagne enneigée. Dabra n'était pas parvenu à glisser sur le sol, et était donc resté au camp, comme Vatra, encore épuisé. Le faucon de Falk et son maître ne réussissaient plus à respirer l'air froid de la montagne, et furent contraints de s'arrêter en chemin. Alberick ordonna à Austin de rentrer, le voyant souffrant dans le froid. Il ne restait que Ships et le mage, qui arrivèrent au pied de la montagne enneigée. Deux grandes portes en pierre s'ouvrirent alors à l'arrivée de nos héros et un grand être en sortit. Il était couvert de poils blancs et avait deux paires de bras. Ses énormes poings semblaient arrêter le vent lorsqu'il marchait et ses épaulettes de métal s'illuminaient d'une lumière aveuglante. Il ouvrit sa gueule et poussa un hurlement qui résonna entre toutes les montagnes. Soudain, une femme apparut sur son dos.

— Que venez-vous faire ici, jeunes insolents ? cria-t-elle en regardant Alberick et Ships de ses grands yeux hypnotiques.

Elle avait une armure de cristal, et portait une épée de Glace dans la main et un bouclier dans l'autre. Ses lèvres bleues épousaient parfaitement la forme de son casque, et ses oreilles pointues étaient visibles à travers son armure transparente.

— Nous sommes là pour t'arrêter, Wasp, toi et ta bête. Vous détruisez nos terres et les terres de mes amis, alors vous payerez pour vos crimes ! cria Alberick en la menaçant avec son Bâton.

— Si vous voulez, jouons mes chers, répondit-elle. Grizzli, à l'attaque !

Et la bête de Glace s'élança sur Alberick et Ships et frappa le sol de toute sa force. Les deux héros esquivèrent son coup, et bondirent sur elle. Ships attrapa son bras, tandis qu'Alberick sauta sur le dos de Grizzli. Wasp lui asséna un violent coup d'épée, qui lui trancha l'épaule. Alberick hurla soudain de souffrance, et chuta au sol. Ships le regarda, et fonça sur la bête. Il lui infligea un coup de harpon dans les yeux, et se fit éjecter par les poings du monstre. Ships rejoignit Alberick, encore au sol, et lui pressa la plaie. Il l'aida à se relever, et les deux retournèrent au combat. Grizzli était tombé au sol, raide mort, avec un harpon planté dans le visage. Du sang presque noir coulait sur la Glace, déclenchant une rage inédite chez Wasp. « Vous me le payerez ! » cria-t-elle à nos héros, en fonçant sur Ships. Alberick leva son Bâton et une roche chuta du haut de la montagne, et s'écrasa à côté de la déesse, l'éjectant sur plusieurs mètres. Alberick bondit alors sur elle et lui passa le Bâton sur le cou.

— Où est la Pierre ? lui demanda-t-il avec colère. Du sang coulait encore sur son bras.

— Jamais vous ne l'aurez ! hurla-t-elle en se débattant, sans succès.

Alors Alberick la releva, et la jeta aux pieds de Ships, qui posa un genou sur son ventre et la menaça avec son lance-harpon.

— Maintenant, donne-nous la Pierre de Glace, répéta Alberick.

— Elle est autour de mon cou, avoua-t-elle.

Alors Ships l'aida à se relever, et elle leva sa tête, pour récupérer le collier auquel était accrochée la Pierre de Glace. Une fois récupérée, Alberick l'inséra à l'extrémité de son Bâton, et ne ressentit aucune douleur. Seul un froid polaire lui traversa le corps pour ressortir au bout de ses doigts. Ils se retournèrent pour repartir quand ils entendirent Wasp fondre en larmes derrière eux. Ils s'assirent alors à côté d'elle, et Wasp attrapa Alberick par le bras.

— Je suis sincèrement navrée de vous avoir combattu.

Alberick ne répondit rien. Elle reprit :

— Mon père a toujours détesté le monde, et le monde le détestait. Et quand j'étais jeune, il déchaînait sa colère sur moi. Alors, croyant que le monde me détesterait, il m'a appris à le combattre et à le haïr. Je suis profondément désolé, mes chers.

Alberick la serra contre lui.

— Viens, rentre avec nous. Nous t'hébergerons et prendrons soin de toi, je te le promets. J'aurai sûrement besoin de toi dans ma quête, Wasp. Alors, faisons équipe, qu'en dis-tu ?

— J'en serai ravie ! s'exclama-t-elle en lui sautant au cou et en l'embrassant.

Alberick, bouleversé, se releva : « Il faut repartir », annonça-t-il, sans vouloir regarder Wasp.

Ils remontèrent sur leur bélier, et la déesse vint s'asseoir derrière Alberick, qui n'osait plus parler.

Ils arrivèrent au village de Pandoosh, ramenèrent leur monture à l'écurie et rejoignirent le chef du camp sur la place centrale. « Félicitations », leur dit Pandoosh en les serrant dans les bras. Mais il sursauta à la vue de Wasp. « Ne t'inquiète pas, elle est avec moi », le rassura Alberick, et tous se mirent à rire. Le magicien se fit recoudre et panser le bras, et alla se coucher. Wasp le rejoignit peu après le coucher du soleil.

— Je suis encore navrée, Alberick. Jamais je n'aurais dû enclencher le combat.

— Allez, ne rabâche pas, lui dit Alberick en enlevant sa couverture. Viens te coucher à mes côtés, ma déesse.

Un sourire soudain apparut sur ses lèvres, et elle s'allongea sur le lit d'Alberick.

— Accompagne-moi à partir de demain, tu peux m'être extrêmement utile.

— Je viendrais, promis, annonça Wasp en le baisant une deuxième fois.

Alberick refusa son baiser, mais soudain l'attrapa au cou, et l'embrassa tendrement.

Chapitre 10
Le Chemin des Ténèbres

Après une bonne nuit de sommeil, Alberick se réveilla et rejoignit la table centrale. Il s'y installa et attendit le déjeuner servi par les campeurs de Pandoosh. Quelqu'un vint s'asseoir à ses côtés :

— Pandoosh m'a indiqué que tu étais ici, commença-t-il en souriant à Alberick. Oh pardon, je ne me suis pas présenté. Je suis Crik, disciple de Trice, qui m'a autorisé à vous accompagner dans votre aventure, si vous le voulez bien, évidemment.

Alberick reposa sa cuillère, se tourna vers lui et lui serra la main.

— Alberick, enchanté. Vous êtes le bienvenu dans mon cortège.

— Merci beaucoup, Monsieur Lennart, je vous en serai reconnaissant. Je vous ai grandement admiré lorsque vous avez maîtrisé la Pierre Rocheuse. Vous étiez vraiment… très impressionnant.

— Mon Bâton continue de m'indiquer des directions, reprit Alberick en mangeant une tartine, il me reste donc encore des Pierres à récupérer. Es-tu partant, Crik ?

Alors le disciple sortit une énorme massue de derrière son dos, se releva et dit :

— Bien sûr que je le suis ! et il partit chercher une assiette et des couverts.

Alberick, après son déjeuner, étudia son Bâton. La Pierre de Durandal était sombre et funeste. Des lettres et des nombres apparurent à sa surface, dans la fumée violette qui la composait. T-É-N-È… Un coup de vent éloigna la fumée de la Pierre. Alors Alberick se releva et prit dans sa sacoche un dictionnaire. Rien. Rien ne commençait par T-É-N-È. Alors il sortit son livre de mythes et de légendes. Il l'ouvrit à la page du sommaire, et parcourut tous les grands titres. Ténèbres ! La prochaine Pierre à chercher était la Pierre des Ténèbres. Alors Alberick revint vers Pandoosh.

— Je dois chercher la Pierre des Ténèbres. Sais-tu quelque chose là-dessus ?

— Absolument rien, répondit franchement Pandoosh, je ne m'aventure pas vers ces mondes étranges et lugubres. Mais va jusqu'à l'Arbre des Parleurs, plus au nord, ils savent tout.

— Je lève le camp ce soir, reprit Alberick. Merci pour tout, mon cher Pandoosh.

— Bonne chance l'ami.

Alberick revint à sa tente, et prévint ses amis. Chacun prêta serment et ils remballèrent leurs affaires. Wasp se recoiffait devant le miroir quand Alberick vint à elle :

— Veux-tu m'accompagner chercher la prochaine Pierre, la Pierre des Ténèbres ? lui demanda-t-il en l'enlaçant.

— Bien sûr, mon Alberick, je te suivrai jusqu'à la fin de ta quête. Je t'aime trop pour t'abandonner.

— Cela ne m'est jamais arrivé de tomber si vite amoureux, reprit Alberick en souriant. Mais je suis inquiet pour toi, j'ai peur de te perdre si tu me suis.

— Mes lèvres de Glace t'ont fait craquer, je le sais. Moi aussi je suis vite tombée amoureuse, tant ton courage et ta force m'ont surprise et attirée. Je te suivrai toujours, Alberick, jusqu'à en mourir s'il le faut.

Alberick lui baisa l'épaule et tous deux ressortirent de la tente, avec leurs affaires sur le dos.

Ils saluèrent Pandoosh et son peuple :

— Nous ne nous reverrons peut-être plus jamais, Pandoosh, alors…

Le panda l'interrompit.

— Ne dis pas de bêtises, Alberick, je serai toujours là en cas de besoin. Nous serions sûrement tous morts sans toi, alors j'ai une dette envers toi. Pars, et compte sur moi pour t'aider si tu es en danger.

Pandoosh et le magicien se serrèrent la main, et la troupe d'explorateurs prit la route, en suivant la carte que le panda leur avait confiée, indiquant l'Arbre des Parleurs. Ils traversèrent la forêt de Sherwood, le pont de Portch et la vallée de la Chartreuse. Ils s'arrêtèrent une nuitée dans une cabane dans les arbres en ruine.

Ils reprirent la route et des animaux avaient encore rejoint nos héros. Des loups accompagnaient la marche de grands hurlements coordonnés. Des lapins nains bondissaient sur le sol tels des ressorts, tandis que les taupes creusaient aveuglément de grands tunnels sous la terre. Des rouges-gorges décoraient le ciel de taches rouge sang et les castors formaient avec leur queue quadrillée un grand tapis sombre sur le sol. Alberick sifflait, et marchait au rythme des piverts sciant les troncs. Ships, avec une planche de bois trouvée sur le bord de la route, surfait sur le sol avec Austin accroché dans son dos, que l'on entendait crier de joie dans toute la plaine. Des mouettes survolaient les alentours, attirées par le sac de provisions de Dabra, qui rampait sur le sol en discutant avec Falk. Le faucon mécanique s'amusait avec des buses qui chassaient tandis que Wasp refroidissait le corps de Crik, qui chauffait fortement au soleil. La marche était rythmée et rapide, et les héros arrivèrent à l'Arbre des Parleurs. Il était immense et sur chaque branche étaient assis des hommes, presque nus, qui discutaient et riaient. Alberick leur adressa la parole :

— Bien le bonjour, messieurs. J'ai quelques questions à vous poser.

— Bonjour Alberick. Nous savons tout. Mais nous ne répondons pas aux questions comme cela. Nous fonctionnons par contrat. Une question vaut une récompense.

— Oui, une récompense ! répétèrent les autres Parleurs l'un après l'autre.

— Et que voudriez-vous ? demanda Alberick.

— Que tu nous promettes de nous défendre.

— Vous défendre de quel danger ? demanda le mage avec étonnement.

— Le danger qui rôde ici constamment. Les félins en ont après nous, tout comme les crocodiles, les varans, ou encore les rhinocéros, qui veulent déraciner notre Arbre.

— Oui, notre Arbre ! crièrent les autres hommes.

— Vous pourrez compter sur moi, répondit Alberick. Maintenant, voici ma question : comment rejoindre la Pierre des Ténèbres ?

— Passe par le Chemin des Ténèbres, ouvert par une grotte très profonde à quelques monts d'ici.

L'homme au pied de l'Arbre lui tendit une petite branche.

— Laisse-moi accrocher ceci au Bâton de Durandal, reprit-il. Nous te guiderons grâce à cela jusqu'à ta guerre.

Alors l'homme accrocha la brindille sur la Pierre et Alberick ressentit un mince frisson qui lui parcourut tout le corps. Il leva alors son Bâton, et soudain des troupeaux entiers de jaguars, lions, caïmans, et autres menaces s'approchèrent de l'Arbre. Les Parleurs prirent soudain peur, et se mirent à trembler. Soudain, tous les animaux féroces rugirent et repartirent dans la vallée.

— Ils ne vous feront plus jamais de mal, reprit Alberick.

— Merci, dirent les hommes en soupirant.

Nos héros reprirent alors la route dans la direction indiquée par les Parleurs, pour retrouver la grotte renfermant le Chemin des Ténèbres. La route était faite de sable et de galet, et les animaux accompagnateurs avaient tous abandonnés le cortège, épuisés par les rayons brûlants du soleil. Les Parleurs guidaient les aventuriers à l'aide de la branche, et les emmenèrent alors jusqu'à l'entrée de la grotte. Dabra s'en approcha, et cria un grand « Eh ! Oh ! ». Son hurlement résonna dans toute la grotte et se perdit dans les abysses de l'antre. Ils rentrèrent et parcoururent les allées de stalactites et de stalagmites, d'où coulaient encore de grosses gouttes d'eau. Soudain, une fois descendus d'un étage, ils arrivèrent devant un grand portail, qui illuminait toute la grotte. Ships s'en approcha, mais Alberick le retint : « Attends, je sens quelque chose. ». Le magicien leva la tête, et une armée de chauves-souris fonça sur nos héros. Certains se couvrirent derrière des rochers, tandis que d'autres agitaient leurs bras pour faire fuir les mammifères volants. Plusieurs d'entre eux s'élancèrent vers Falk et l'attrapèrent par la plume de son casque. Son faucon, impuissant, s'éloigna et rejoignit Ships, blotti derrière une roche. Alberick pointa son Bâton sur la flamme de la queue d'Austin, et du feu s'éleva au-dessus de sa tête. Les flammes foncèrent alors sur les chauves-souris qui, en feu, quittèrent la grotte et allèrent se plonger dans un lac, à plusieurs kilomètres d'ici. Les aventuriers se relevèrent, et soufflèrent tous en chœur. Ships annonça alors :

— Allez, rentrons dans ce portail. C'est le seul moyen d'obtenir la Pierre des Ténèbres.

— Oui, allons-y, compléta Dabra.

— Je ne suis pas d'accord, dit Crik, c'est sûrement beaucoup trop dangereux.

— Je sauterai dans ce portail, rétorqua Alberick, et avec ceux qui voudront bien m'y accompagner.

Alors tous se regardèrent dans les yeux. Alberick reprit alors :

— Ceux qui veulent rester restent. Les autres, avec moi.

— Moi, je suis partant, dit Ships.

— Moi aussi, fit Dabra en s'approchant du portail.

— Je vous accompagne, dit Wasp en attrapant Alberick par le bras.

— Les autres, restez ici, je vous l'ordonne, termina Alberick. Nous autres, allons-y !

Alors Alberick, Ships, Dabra et Wasp sautèrent dans le portail, et les autres les virent disparaître dans la porte infinie en face d'eux, et s'assirent sur des rochers, pour se reposer. Les courageux furent alors plongés dans un tunnel sans fin, qui resplendissait de toutes les couleurs. Soudain, Alberick se retourna, et vit Vatra voler derrière lui.

— Que fais-tu ici ? lui dit-il.

— Je ne me voyais pas t'attendre pendant des années sur mon rocher, répondit Vatra en riant.

Alors nos héros s'élancèrent en avant et parcoururent le tunnel.

Mais ils ressentirent soudain des vertiges et des frissons et leur tête se mit à tourner. Wasp s'évanouit et heurta la paroi du tunnel. Alberick fonça vers elle et l'attrapa par les bras. Soudain, une ombre traversa le Chemin en sens inverse. Une voix retentit :

— Qui êtes-vous pour venir me déranger pendant mon sommeil ?

— Nous sommes ici, guidés par les Parleurs, pour venir récupérer la Pierre des Ténèbres. Je suis Alberick, je viens de Nayon, et…

— Assez ! l'interrompit la voix, vous n'êtes pas la bienvenue ici ! Ressortez, ou vous vivrez vos pires cauchemars.

Alberick fut pris soudain d'une grande peur. Il leva son Bâton, mais l'ombre s'approcha de lui et le lui déroba. « Vous l'aurez voulu », reprit la voix. Alors nos héros arrivèrent à la fin du tunnel et tombèrent dans une immense grotte, émanant d'une fumée sombre et violette. Wasp, qu'Alberick avait réveillé, prit son magicien par la main et se tendit derrière lui. Vatra sortit des bombes de ses poches, et Ships ramassa son lance-harpon, qu'il braqua devant ses yeux. Dabra rampa sur le sol jusqu'à Alberick et sortit son pistolet lance-serpent de sa poche.

— Présentez-vous, lâche ! cria Alberick. Personne ne lui répondit. Nous venons seulement récupérer votre Pierre.

La voix se mit à rire.

— Jamais personne n'est venu me demander ma Pierre. Vous mourrez, pour votre culot et votre vulgarité.

Soudain, une silhouette apparut devant eux. Cette femme avait de grands crochets accrochés à ses poignets, et des longs cheveux mauves qui formaient sur le sol de grands tracés de poussière. Son corps noir se fondait dans la grotte sombre et ténébreuse, tandis que sa respiration résonnait dans toute l'enceinte de l'antre. Soudain, un clone de cette femme apparu à ses côtés, puis un deuxième, puis un troisième, jusqu'à ce qu'une armée accompagne l'original. « Tuons-les » dirent toutes les silhouettes en chœur. Et toute la troupe s'élança sur nos héros, leurs crochets en avant. Alors Alberick asséna de violents coups de poing aux silhouettes, tandis que Ships tirait des harpons dans toute la pièce. Wasp sortit ses dagues de Glace et tranchait les cheveux des ombres, qui repoussaient instantanément. « Je suis Cauchemar, et jamais vous ne ressortirez vivants de ces Ténèbres ! » reprit la voix. Les serpents de Dabra volaient dans toute la grotte, et sautaient au visage des silhouettes de Cauchemar, qui disparaissaient après une seule morsure. « Visez la tête ! » cria Alberick. Alors Wasp bondit sur les ombres qui s'approchaient et leur trancha le crâne. Elles tombèrent toutes au sol et s'évaporèrent une à une. Ships, presque à court de harpons, donnait de violents coups de crosse dans les jambes et le visage des Cauchemars, qui chutaient au sol et disparaissaient. Leur nombre diminuait peu à peu. Vatra leur plantait ses grandes griffes dans les joues, tandis qu'Alberick bondissait à leur cou et leur tordait la nuque, les laissant raides-mortes à terre. La voix continuait de rire et de provoquer nos héros. Alors Dabra suivait les ondes, et arriva nez à nez avec l'original, Cauchemar. Elle lui sauta à la queue et lui planta un de ses crochets dans le corps. Dabra poussa un cri strident qui retentit dans toute la grotte. Alors le serpent la mordit dans la nuque avec ses longs crocs pointus, et la poussa au sol. Cauchemar, dégoulinant de sang, se releva et asséna un violent coup de boule à Dabra qui chuta à terre, assommé. Alberick vit son serpent au sol, et bondit devant Cauchemar. Il lui donna un coup de poing, qu'elle esquiva, et se fit plaquer contre un rocher par son adversaire. Elle le frappa de ses poings et le laissa blotti contre la roche, lui aussi assommé. Wasp aperçut Cauchemar et accourut vers elle, en tranchant la tête des silhouettes qui lui barraient la route.

— Tu mourras, comme tes amis ! lui cria Cauchemar.

— Tu n'aurais jamais dû toucher à mon Alberick ! hurla Wasp en bondissant sur Cauchemar.

L'ennemie mit ses crochets en avant, et ouvrit la jambe de Wasp à l'aide de ses pointes, et lui asséna un violent coup de pied dans le ventre, qui l'étourdit pendant quelques instants. Mais la déesse de Glace sortit ses lames gelées et prit son élan. Elle sauta sur Cauchemar et lui planta ses deux épées dans la gorge. « Non, vous deviez mourir ! » cria la femme aux cheveux ténébreux. Soudain, les clones ombreux s'évaporèrent un à un dans la grotte, laissant place à un silence effrayant. Cauchemar tomba au sol, et son corps noir s'éclaircit soudain, et disparut, ne laissant que ses armes, son manteau et ses cheveux à terre. Ships accourut vers la déesse, la retint par le bras et la félicita. Wasp rejoignit alors Alberick et l'aida à se relever, tandis que Ships réveillait Dabra. Une fois remis de ses émotions, Alberick ramassa les crochets de Cauchemar, et les offrit à Wasp. « Tu les as mérités », lui dit-il. Il récupéra aussi la chevelure de sa défunte ennemie, la roula et la rangea dans sa sacoche. Il tourna la tête, et l'un des clones de Cauchemar avait laissé tomber le Bâton de Durandal, qu'il ramassa. Une autre voix, plus douce, retentit dans la grotte. « Je suis Rodan, détentrice de la Pierre des Ténèbres, qui ouvre la porte vers le Chemin des Ténèbres, que vous venez de traverser. Vous m'avez sauvée. Cauchemar me retient prisonnière au fond de la grotte. Venez me libérer, je vous en conjure. ». Alors nos héros avancèrent dans la grotte, et atteignirent une énorme grille, qui renfermait à l'intérieur une jeune femme voilée, Rodan.

Elle avait une longue robe qui formait une étoile à ses pieds, et une petite cape dans son dos. Ses éventails d'or faisaient voler sa capuche, qui recouvrait tout son visage. Alberick s'accrocha à la grille, l'agita, sans succès. Alors Wasp s'en approcha, glissa les crochets de Cauchemar accrochés à son poignet entre les barreaux et tira. Alberick l'attrapa par la taille, et l'aida à tirer. Ships, Vatra et Dabra firent de même et la grille grinça, jusqu'à lâcher entre les mains de Wasp. Rodan se releva de son rocher et baissa la tête en signe de respect. Elle décrocha de ses éventails deux petites pierres, qu'elle assembla, pour former la Pierre des Ténèbres. Elle la tendit à Alberick qui l'inséra dans son Bâton. Une vision vint soudainement au magicien. Il voyait sa mère, couchée sur son lit de mort, entourée de fumée sombre, comme celle présente dans la grotte. Sybilla, sa mère, avait une grande tache de sang sur son vêtement. Elle était en pleine agonie. Soudain, sa tête tomba en arrière et ses paupières se fermèrent. Elle venait de mourir. Alberick revint à la réalité, et tomba à quatre pattes. Ships le rattrapa dans sa chute, le retint et l'aida à se relever.

— Tu détiens la Clé du Monde des Ténèbres, reprit Rodan, et je t'aiderai lorsque tu en auras besoin. Ouvre la porte, et je viendrai jusqu'à toi.

— Merci Rodan, répondit Alberick.

Et nos héros reprirent le tunnel en sens inverse, après avoir baisé la main de Rodan en guise de salut.

Ils ressortirent quelques minutes plus tard, et se retrouvèrent seuls dans la grotte, sans leurs amis qui devaient les attendre. Ils reprirent la sortie de l'antre, et les virent tous couchés au pied d'un arbre, endormis. Il faisait déjà nuit, et Alberick se coucha avec Wasp à côté de tous les autres, et s'endormit rapidement.

Le lendemain matin, tous se réveillèrent au lever du soleil, et sortirent les provisions. Crik interpella Alberick : « Vous êtes enfin rentrés ! Nous étions très inquiets, cela faisait presque un jour que vous étiez partis ! ». Alors Alberick le prit par le bras, et ils se mirent à rire lorsqu'il montra la Pierre des Ténèbres à Crik. Ils mangèrent et reprirent la route.

Au bout de quelques minutes de marche, un orage se déclencha et des éclairs d'une lumière très bleutée jaillirent. Soudain, un éclair vint s'écraser au pied d'Alberick. L'âme d'Igïr apparut :

— Igïr ! cria Alberick.

— Écoute-moi, Alberick, dit l'âme volante en fixant le mage. Tu peux maintenant contrôler tous les pouvoirs de toutes les Pierres. Mais ta force sera de mélanger les forces des éléments, de créer des rochers de feu, ou encore des pluies de venin. Pour cela, il te faut la Pierre finale, la première créée pour le Bâton, la Pierre Magique. Va, suis mes éclairs, et rejoins le Monde de la Magie, dans une autre dimension. Trouve le portail, suis les voix qui te guident, et franchis le portail Magique. Après cela, la guerre pourra débuter, et tu pourras vaincre la Mort.

Et Igïr disparut dans le ciel, éloignant les nuages et la pluie, laissant place à un beau soleil qui illumina toute la vallée.

— Qu'allons-nous faire ? demanda Vatra en s'approchant d'Alberick.

— Nous allons terminer ma quête, et allons récupérer la dernière Pierre, la Pierre Magique.

Chapitre 11
La Dimension Magique

Alberick approcha son Bâton de son visage.

— Bonjour, Parleurs, les interpella-t-il.

— Bien le bonjour, jeune Alberick, répondirent-ils tous en chœur. Que pouvons-nous faire pour toi ?

— Je cherche la dernière Pierre du Bâton, qui se trouve dans la dimension Magique.

— Cela ne va pas être simple, mon ami. Elle se trouve en dessous de tes pieds, sous la Terre. Marche, marche jusqu'à ce que l'on t'interpelle et que l'on te guide.

— Merci, très chers, dit Alberick en entamant le pas.

Il prit les devants et toute sa troupe le suivit.

Ils traversaient monts et vallées, rivières et fleuves, soleil et pluie. Ils marchaient depuis maintenant deux heures, et les Parleurs n'avaient toujours pas donné signe de vie. Ils observaient tous les beaux paysages qui ornaient leur route. Une immense statue de chevalier romain était coupée en deux, sur le bord de la route. Son torse était encore debout, retenu par sa longue épée. Son casque semblait habité par des centaines d'espèces de plantes grimpantes, ainsi que par des faucons pèlerins, qui chassaient les petits rongeurs autour de leur statue. Le deuxième bras du colosse était coupé, mais la partie manquante n'était plus au sol. Ses jambes étaient en miettes au sol, seul un pied était encore perceptible. Nos héros continuaient leur route, marchaient, s'installaient pendant quelques instants au pied d'un arbre, pour faire le plein de baies et de plantes médicinales, et pour reprendre des forces pour continuer leur périple. Ils arrivèrent au bout de cinq heures de marche dans un petit village d'autochtones, et furent accueillis dans l'auberge. Du ragoût de *purjolök*, un long légume qui pousse dans la terre, avec un vinaigre de fziti comme boisson. C'est le patron de la taverne qui vint leur servir leur couvert, et qui s'assit à côté d'eux.

— Bienvenue chez nous, chers étrangers. On m'appelle le Nuton ici, et vous ?

— Alberick Lennart, je suis explorateur.

Le Nuton était de petite taille, mais avait une longue moustache qu'il recoiffait sans arrêt. Il avait une cornemuse accrochée dans le dos, et son crâne chauve luisait de crasse. Il retenait sa tête avec ses mains, et semblait passionné par Alberick. Il mit sa main dans sa poche, et en sortit une petite fée. Il reprit :

— Et je vous présente Trouilles-de-Nouilles, elle est la femme de ma vie. Ses joues, et ses formes. Oh ! je l'aime de tout mon cœur.

Et le patron embrassa sa bien-aimée, qui ne semblait pas capable de sourire. Elle était dotée d'une laideur inédite. Ses cheveux formaient une touffe noire sale au-dessus de sa tête, tandis que sa grosseur contrastait complètement avec sa taille. Elle était boursouflée sur tout le visage. Ses joues étaient bombées, ses yeux étaient cachés derrière l'épaisseur de ses sourcils et ses oreilles semblaient l'aider à voler. Ses ailes étaient abîmées, sûrement mal entretenues, et ses pantoufles étaient trouées et sentaient la terre et la bouse. Elle n'était dotée que d'une culotte, qui était presque invisible sous les replis de son ventre. Ses seins énormes flottaient et rebondissaient à chaque fois qu'elle montait ou descendait. Alberick n'osait plus la regarder, tout comme tous ses autres amis.

— J'ai entendu dire que vous vouliez aller à la dimension Magique ? leur dit le Nuton.

— Comment le savez-vous ? demanda Alberick avec surprise.

— Les nouvelles vont très vite ici. Je pars demain matin pour le nord, dans votre direction. Voulez-vous m'accompagner ?

Alberick hésita, mais Crik lui tapa sur l'épaule.

— C'est d'accord, répondit enfin le mage.

— Parfait ! À demain, mes amis ! et le patron passa derrière le bar, et retourna en cuisine.

Alors nos héros ressortirent de l'auberge, installèrent leur campement au pied d'un cerisier et se couchèrent pour la nuit. Alberick veilla encore quelque temps, accompagné de Wasp. Ils se relevèrent et marchèrent quelques instants, se tenant tous deux par le bras. Ils montèrent au sommet d'une tour en ruine, et s'assirent au-dessus du vide. Ils observaient les étoiles et le paysage nocturne autour d'eux, en s'embrassant parfois tendrement. Des chutes d'eau étaient visibles au loin, et la rivière semblait sortir de roches en forme de visage. L'un paraissait pleurer, l'eau sortant par ses yeux et formant des larmes de chagrin, tandis que l'autre avait l'air joyeux, l'eau chutant par ses oreilles et sa bouche. Une nuée d'oiseaux migrateurs, des bergeronnettes, traversa la vallée que notre couple surplombait, tandis qu'un troupeau d'addax galopait dans les prés. Des lemmings traversaient les habitations et volaient de la nourriture dans les pourrissoirs des jardins. Un papillon vint se poser sur le nez de Wasp, un Sphinx tête-de-mort, selon Alberick, et reprit sa migration en rejoignant son groupe, non loin de là. Après une heure de contemplation, les deux tourtereaux retournèrent au pied de leur arbre et se couchèrent, attendant le lever du soleil.

Le lendemain, à la première lueur du jour, nos explorateurs préparèrent leurs affaires et rejoignirent le Nuton, qui chargeait déjà son long cortège. Plusieurs chariots, tirés par des chèvres ou des lamas, étaient alignés l'un après l'autre. Certains étaient chargés de caisses et de tonneaux, tandis que d'autres étaient pleins de papier et d'étoffe. Alberick et ses amis prirent tous place sur la première diligence, conduite par le patron, accompagnée de sa fée. Le convoi partit vers cinq heures du matin et un silence triste et sombre s'installa. Seules les chèvres braillaient sur la route, et les conducteurs les fouettaient pour les faire taire. Le Nuton se mit à siffler, et ses amis, conduisant les autres véhicules, l'accompagnèrent. Une symphonie résonnait dans toute la vallée. Crik et Dabra discutaient, et le serpent essayait vainement de mordre le bras du combattant de pierre, tandis que Ships, Austin et Falk somnolaient, couchés sur leur banc. La fée Trouilles-de-Nouilles avait rejoint Vatra, assis au fond, et tous deux discutaient et riaient de leur vie. Alberick était silencieux et admirait le paysage en tenant Wasp contre lui. Des baraques construites contre la montagne pendaient dans le vide, et le claquement des portes des maisons enfouies sous la terre s'entendait dans toute la vallée. Des couaggas galopaient aux côtés du convoi, tandis que des troupeaux d'aurochs lui barraient parfois la route. Les grenouilles coassaient au bord des cours d'eau, et les cris des tigres de Tasmanie retentissaient dans toutes les prairies. Le convoi s'arrêta pour nourrir les animaux, et tous s'installèrent au bord d'un grand gouffre. Le Nuton distribua alors des morceaux de pain à tout son équipage avec une tranche de jambon. Tous se régalèrent et remontèrent rapidement sur leur véhicule, et reprirent les rênes. Ils arrivèrent alors vers une zone plus froide, presque enneigée. Un lac était gelé et l'on pouvait observer les ours blancs creuser la glace pour pêcher. Des troupeaux d'élans glissaient tandis que des potamochères mangeaient le peu d'herbe qu'il restait dans la vallée. Un rhytine de Steller – Alberick les pensant pourtant disparus – sautait par-dessus les trous dans la glace, et formait de grandes vagues sous la couche gelée. Un des conducteurs du convoi était accompagné de son raton laveur de la Barbade, qui allait et venait sur les autres véhicules, pour fouiller et manger les graines et miettes qui traînaient. Des tortues Matamata traversaient parfois la route et attiraient la curiosité des chèvres et des lamas, qui se faisaient fouetter par leur maître.

Le Nuton décida de faire une autre escale dans une petite cité, la ville de Malmö. Tout l'équipage fut libre dans la ville pendant une journée, alors Alberick, Austin installé dans sa sacoche et sa compagne Wasp visitèrent les ruelles de la cité. Falk et Dabra s'installèrent sur la terrasse d'une taverne, tandis que Ships et Vatra allèrent se baigner dans le ruisseau entourant la ville. Un grand palais, les thermes de la cité, ornait la place principale. Ses colonnes étaient décorées de statues représentant des divinités, tandis que son dôme était surplombé d'un colosse représentant un immense mage, portant un sceau et une baguette magique dans ses mains. Il portait une capuche et avait une longue barbe, qui descendait jusqu'à ses genoux. Tous trois dînèrent dans une auberge au coin d'une rue et commandèrent un pot-au-feu à l'oignon, accompagné de pommes de terre amandines. Une sauce aux herbes et au vin blanc accompagnait divinement bien le plat, servi avec un verre de lait de cochon. En dessert, l'hôte leur servit des choux à la ciboulette, avec un fromage blanc. Un coulis au café était caché à l'intérieur du chou, et dégoulinait dans l'assiette. Alberick, Wasp et le petit Austin se régalèrent. Ils retournèrent après le souper au convoi, qui n'attendait qu'eux. Il repartit pour la nuit et nos héros s'endormirent tous, couchés dans le véhicule, fatigués par ce long trajet.

À leur réveil, le convoi était arrêté et les conducteurs nourrissaient et donnaient à boire à leurs animaux. Ils repartirent quelques minutes après et accélérèrent le pas.

Soudain, les Parleurs interpellèrent Alberick : « Arrête-toi ici, jeune Alberick. Nous te guiderons jusqu'à ta destination. ». Alors le magicien demanda au Nuton de s'arrêter et le remercia pour le trajet.

— Et tu ne me payes pas ? dit le Nuton avec arrogance.

— Mais… Je croyais…

— C'est ce que l'on va voir, l'interrompit le patron, les amis, il ne veut pas payer !

Alors tout le cortège descendit des véhicules et encercla nos héros. Tous sortirent des haches, des pioches ou des balais, et s'approchaient petit à petit d'Alberick et ses amis. La fée Trouilles-de-Nouilles sortit aussi de la poche du Nuton et fit la grimace. Elle semblait furieuse. Alors Alberick leva son Bâton vers le ciel et les lamas et les chèvres soudain s'emballèrent, et foncèrent tête baissée avec leur attelage sur les marchands. Ils se mirent alors à fuir, et seuls le Nuton et sa femme restèrent en face du magicien. Alors Austin bondit sur le patron et lui donna un violent coup de queue, et lui enflamma son par-dessus en cuir. Il courut alors jusqu'à la rivière qui longeait la route et y plongea. La fée, apeurée, s'envola et partit dans le ciel, sans laisser de traces. Nos héros se regardèrent tous et se mirent à rire, en reprenant leur marche.

Les Parleurs les guidaient à travers la vallée, en direction de la Dimension Magique. Ils passaient par des petits sentiers, de petites routes qui longeaient des habitations, ou encore des pontons interminables passant au-dessus de l'eau. Ils n'étaient pas stables et tournaient presque sur eux-mêmes. Une fois un pont passé, les héros s'arrêtaient, reprenaient leurs esprits, évacuaient leur peur et continuaient.

Les Parleurs les guidaient, et les emmenèrent jusqu'à un cul-de-sac dans la montagne, entre trois sommets. « Tu es arrivé », dirent les guides avant de se taire. Alberick ne comprenait pas. Où était l'autre dimension ? Alors tous les héros fouillèrent la zone, en quête d'une simple ouverture. Soudain, un petit être bleu doté d'une longue langue pendante et de canines acérées surgit de nulle part. La bête fonça sur Vatra et se frottait à ses jambes. Alors tous nos héros le rejoignirent et caressèrent le chien bleu. Soudain, un hibou habillé d'une grande tunique rose et d'un casque en forme de dôme surgit lui aussi d'entre les montagnes.

— J'ai su que vous alliez venir, Monsieur Lennart. Je me présente, je suis Hoop, fidèle serviteur du détenteur de la Pierre Magique, pour vous servir.

Des paillettes apparurent dans les yeux d'Alberick.

— Enchanté Hoop, dit Alberick en serrant très fort les mains du hibou. Je suis très heureux et soulagé de vous rencontrer. Vous avez sûrement appris que je recherchais la Pierre de votre maître, et…

— Pas si vite ! l'interrompit Hoop, venez avec moi.

Hoop attrapa alors la bête bleue et il prit Alberick par la main. Le magicien attrapa sa compagne par le bras et les héros formèrent petit à petit une chaîne. Soudain, Hoop claqua des serres et tous disparurent, laissant place à un grand silence dans la montagne.

Ils atterrirent alors dans un grand hall, orné d'or et d'argent, et décoré de statues diverses, représentant des hommes et des femmes portant des masques. La bête bleue sauta des bras de Hoop et s'éloigna en courant. « Balf, reviens ! » cria le hibou. Trop tard, il était déjà trop loin. Le hibou fit signe aux aventuriers de le suivre et tous marchèrent derrière lui, à la file indienne. Ils arrivèrent alors devant un grand trône, occupé par un petit homme, portant un grand masque. Il avait des plumes accrochées à ses cheveux et une tunique faite en bois de plusieurs couleurs couvrait son corps bleu. Il tenait dans ses mains un bâton en forme de serre d'aigle qui maintenait une sphère qui changeait de couleur. C'était la Pierre Magique, Alberick en était certain.

— Les voici, maître, dit Hoop.

— Merci, très cher, reprit le maître. Bien le bonjour, mes amis. Voodoo, grand maître de la magie et détenteur de la Pierre Magique.

— Grand maître, merci de nous accueillir ici, je…

— Ne discutons pas trop ! l'interrompit Voodoo. La magie disparaît peu à peu. Mon plus grand ennemi, Zigma, l'aspire. Alors, prenez la Pierre, associez vos pouvoirs, et vainquez-le.

Alors Alberick s'approcha, prit la Pierre au bout du sceptre de Voodoo et l'inséra dans son Bâton. La douleur était horrible. Toutes les souffrances qu'il avait ressenties en récupérant les premières Pierres furent associées pour torturer Alberick. Ses membres semblaient se défaire du corps initial, ses yeux paraissaient sortis de leur orbite et tous ses organes semblaient fondre à l'intérieur de son corps. Il n'avait jamais rien ressenti d'aussi douloureux. Il laissa tomber son Bâton et leva ses mains. Il criait et faisait trembler les murs et le sol. Il tomba sur les genoux, qui firent un bruit énorme et sourd, et se mit à pleurer.

Sa peau changeait de couleur, elle passait du bleu au rouge en passant par le vert. De l'eau sortait de ses narines, tandis que du feu illuminait sa bouche. Ses sachets d'infusion poussèrent soudain et donnèrent de grandes plantes grimpantes qui l'entourèrent petit à petit. Des petits galets s'allièrent autour de lui et formèrent un gros rocher qui volait devant lui. Des vagues d'eau apparurent sur les parois du rocher, et les flammes sorties de sa bouche se développèrent jusqu'à la surface de la roche. Des plantes sortirent de l'intérieur de l'énorme caillou, tandis que des gouttes de venin s'ajoutèrent aux vagues d'eau. Des nuages survolaient maintenant le rocher, formant même des petits animaux, comme des lapins, des scarabées ou encore des souris, et des icebergs apparurent sur l'océan formé sur la pierre, maintenant recouverte de tous les éléments des Pierres. Alberick se réveilla enfin, la douleur venant de disparaître. Voodoo contourna la gigantesque roche et aida Alberick à se relever. « Tu as su allier tes pouvoirs. Tu es prêt pour la bataille », lui dit-il en lui serrant la main.

Soudain, les murs se mirent à trembler. « Zigma... » murmura Hoop. Alors Alberick leva son bâton, et le plafond s'envola soudain. Un homme habillé d'une tunique et d'une grande cape rouge apparut au-dessus de leur tête. Sa cagoule masquait complètement son visage. L'on ne voyait qu'une ombre violacée sous ce tissu rouge. Il avait dans les mains un immense sceptre violet, qui avait l'air de faire voler les roches du plafond. Ses jambes semblaient disparaître, et tout son corps se téléportait en un autre lieu. Alors Alberick leva son Bâton et s'envola dans sa direction. Il sortit de la pièce et se posa sur les roches plates qui composaient le toit. Le ciel était orageux et sombre. Des éclairs éclataient au loin, tandis que de la fumée ombreuse s'approchait du mage. Zigma réapparut soudain en face de lui. Une voix grave retentit soudain :

— Moi, Zigma, jamais je ne te laisserais me vaincre et vaincre la Mort. Jamais tu ne réussiras à l'atteindre.

— Qui es-tu pour me sous-estimer ? Battons-nous, et nous verrons qui est le plus brave et le plus fort !

Zigma, furieux, disparut soudain. Il réapparut alors derrière Alberick et le poussa au sol. Alberick, à terre, leva alors son Bâton et une roche vint s'écraser sur son ennemi. Mais il n'était plus là, il s'était déjà téléporté à quelques mètres de l'impact. Alors Alberick reprit la roche, et l'entoura des flammes de la queue d'Austin, encore dans la pièce en dessous. Il avait formé une boule de feu, qui vint alors heurter le corps de Zigma. Mais son adversaire esquiva sa météorite et se téléporta encore plus loin, en face d'Alberick. Le mage se rapprocha alors. Il courait, mais fut soudain frappé par Zigma, qui s'était téléporté à ses pieds. L'ennemi leva son sceptre, et un rocher avec des lueurs violettes survola le sol, et s'élança sur Alberick, à terre. Alors le magicien leva son Bâton, et des plantes vinrent arrêter la roche et la déposèrent à côté. Alberick se releva. Zigma, agacé, se téléportait de partout. Il disparaissait, puis réapparaissait, et ainsi de suite. La tête d'Alberick commençait à tourner, perdu face à cet être bouleversant. Alors Zigma, une fois Alberick épuisé, se rapprocha de lui et leva son sceptre au-dessus de la tête du mage. Mais Alberick se releva soudain, agita son Bâton, et une pluie de piques de glace tomba sur Zigma. Alberick n'en avait pas fini. Son ennemi était tombé au sol, blessé, alors il agita son Bâton et un jet d'eau s'écrasa sur le corps de Zigma, le maintenant à terre. Alberick s'approcha alors de son ennemi, se baissa, et le releva. Zigma était complètement assommé, alors Alberick ouvrit sa bouche en grand et le mordit en plein cœur. Un grand rugissement retentit dans la dimension entière. Zigma tomba au sol, raide mort, et Alberick ramassa son sceptre, et le brisa en deux. Voodoo et tous les autres héros le rejoignirent et encerclèrent le corps de Zigma. Hoop s'approcha de la tête du défunt ennemi et lui enleva sa cagoule. C'était une femme, avec de longs cheveux et la peau pâle. Voodoo s'approcha à son tour, et fut soudain surpris. « C'est Dabel, la fille de la Mort. Elle était si sage, auparavant », dit Voodoo, en s'éloignant. Alors tous retournèrent dans la pièce du trône, et s'assirent devant Voodoo, qui s'était réinstallé sur son trône.

— Je vous dois une fière chandelle, mes amis, dit le maître. Vous pourrez compter sur moi pendant la bataille contre la Mort.

— Vous êtes bon et sage, Voodoo, dit Alberick avant de repartir.

Hoop claqua une seconde fois des doigts, et nos héros se retrouvèrent alors entre les trois mêmes monts. Balf, la petite bête bleue, était lui aussi malencontreusement sorti de la dimension. Alors Alberick le prit et l'installa dans sa sacoche, Austin en étant sorti.

— Alberick, qu'allons-nous faire maintenant ? demandèrent Vatra et Crik.

Mes amis, répondit Alberick en se retournant vers toute sa troupe, aujourd'hui est un grand jour. La guerre est déclarée, mes amis, la guerre est déclarée.

Chapitre 12
Le Chevalier de Durandal

Nos héros reprirent le chemin vers le champ de bataille. Soudain, un immense groupe de *golubs* survola Alberick et sa troupe. Aussitôt, les volatiles plongèrent sur le magicien et se posèrent à ses pieds. Alors il se baissa et décrocha tous les morceaux de papier accrochés sur chaque oiseau, et les ouvrit un à un.

« Alberick, l'âme d'Igïr te félicite, et moi et mon peuple te rejoindrons et t'aiderons durant la bataille.

Pandoosh »

« Mon jeune Lennart. Que le Ciel soit avec toi. Je te suis de là-haut depuis notre rencontre. Et je suis très fier de toi. Accepte mon armée pendant ta bataille, nous en aurons sûrement besoin.

Dieu Ciel »

« Nous t'attendons au front.

Trice »

« Jamais nous t'abandonnerons, grand magicien. Moi et tous mes animaux serons à tes côtés.

Bubble »

Alberick ouvrit alors le dernier message, plein d'espoirs.

« Alberick. Moi et mes hommes t'avons mal jugé. Nous t'avons sous-estimé, pardonne-nous. Igïr m'a donné de tes nouvelles. Tu as récupéré toutes les Pierres, et tu sais manier leurs pouvoirs comme personne. Je serai de ton côté pendant cette guerre qu'attend notre monde. Je te procurerai tous les soldats et toute la force que je détiens.

Mes amitiés, Folve »

Une larme coula sur la joue d'Alberick. Soudain, Hoop sortit de sa dimension et apparut devant eux. « Je t'accompagne, jeune Alberick, jusqu'au front, et l'armée de Voodoo sera avec toi pour la bataille, il te le promet. ». Alberick le prit dans ses bras, le laissant surpris. Ils continuèrent alors leur chemin, guidés par les Parleurs.

Après quelques heures de marche, un orage éclata. Alberick le reconnut. Les éclairs étaient bleus et fendaient le ciel en enflammant la cime des arbres. Un éclair s'écrasa devant lui. Il le savait, c'était son âme, l'âme d'Igïr. Alberick le serra alors dans ses bras. Igïr en fit tomber son chapeau au sol. Le mage le lui ramassa et commença :

— Où dois-je aller, Igïr ? Où dois-je retrouver la Mort ?

— La Mort ne se trouve pas dans ce monde. Tu dois traverser le portail vers sa terre, le portail du Chevalier de Durandal. Laisse-toi guider par les voix, elles t'emmèneront jusqu'à la statue du grand combattant et premier détenteur du Bâton.

— Je ne te remercierai jamais assez, répondit Alberick, ému.

Alors ils se serrèrent la main, Igïr disparut et éloigna l'orage de son âme. Alberick raccrocha les boutons de son veston et entama le pas à grande vitesse. Il était déterminé à démarrer cette bataille. Les Parleurs lui indiquaient la route. Mais un très long voyage les attendait. Cela faisait maintenant deux jours qu'ils marchaient, sans avoir mangé et sans s'être arrêtés. Ils passèrent par une cité, la cité de Stad, et décidèrent d'y passer la nuit. Ils firent alors du porte-à-porte, à la recherche d'un foyer. Dabra et

Crik furent accueillis par une vieille femme, veuve depuis peu, qui avait préparé un grand plat de tajine. Hoop, accompagné d'Austin et de Vatra, dormirent chez une famille nombreuse, dont le fils aîné était parti faire ses études dans la ville voisine, sa chambre étant donc libre. Falk et son faucon se postèrent sur le toit d'un immeuble, et passèrent la nuit en surplombant la ville. Ships dormit dans un tuyau de canalisation, discutant avec les poissons et les grenouilles. Alberick et Wasp se promenèrent dans les ruelles pendant encore un moment et mendièrent l'hospitalité chez un artisan luthier, qui leur joua du violon tout au long de la nuit. Les tourtereaux, épuisés, se couchèrent dans deux matelas installés dans l'atelier.

— Je t'aime mon chéri, dit Wasp en caressant la joue d'Alberick.

— Moi aussi, ma chère Wasp. Je te remercie profondément d'être ici avec moi, répondit Alberick avec une larme au coin de l'œil.

Et tous deux s'endormirent profondément, aux côtés des planches de bois et des cordes.

Le lendemain, ils remontèrent dans la baraque, mais l'artisan n'était pas là. Il avait malgré tout préparé le petit déjeuner et avait tout posé sur la table. Il était adorable. Ces hôtes mangèrent alors leurs tartines de confiture et burent le jus de pomme fait par l'épicier du coin. Ils sortirent de la maison, et virent le luthier juste dans la rue, réparant une grande diligence.

— Avez-vous besoin de notre aide ? lui demanda Wasp en lui tapant sur l'épaule.

— Regardez, j'ai presque terminé. Avez-vous de l'argent sur vous ?

Alberick réfléchit. Il sursauta soudain.

— Oui, bien sûr que nous avons de l'argent ! J'ai gagné un pari il y a quelques semaines déjà et j'ai empoché énormément d'argent, je l'avais complètement oublié.

— Alors, allez vous acheter un âne, à l'écurie de la grande rue. Il vous traînera pendant votre voyage. Je vous offre ce véhicule, il appartenait à ma grand-mère.

— Oh, c'est vraiment très touchant, je vous remercie, dit Alberick, déboussolé. Je ne sais pas quoi vous dire.

— Ne dites rien, cela me fait plaisir, l'interrompit le luthier en le tenant par les épaules.

Ils repartirent alors en direction de la grande rue, et s'arrêtèrent à l'écurie. Ils achetèrent un grand cheval, encore tout jeune, et retournèrent chez l'artisan. Il n'était plus là, alors Alberick déposa tout le reste de la fortune dans sa boîte aux lettres, avec un petit mot : « Merci infiniment. »

Tous nos héros se retrouvèrent aux portes de la ville et reprirent la route sur leur véhicule, pleins de force et de courage. Le cheval les traînait à une vitesse hallucinante. Vatra avait pris les rênes, et Alberick était derrière, assis avec tous ses amis. Austin grignotait encore les gâteaux offerts par la famille, tandis que Crik buvait dans une bouteille en verre du café glacé. Des nuées de mésanges accompagnaient nos héros, ainsi que des troupeaux de béliers et des familles de cervidés. Un soleil brûlant illuminait la route, tandis que les vapeurs d'une rivière adoucissaient l'air. Il longeait maintenant la mer. Des otaries chassaient entre les vagues, tandis que des tortues se prélassaient sur la plage ensablée. Des marsouins sautaient par-dessus les grands courants et suivaient les immenses baleines franches qui expiraient de longs jets d'eau au-dessus de leur tête. Un chalutier de pêcheurs naviguait sur la côte et remontait un filet sur le pont, rempli de thon rouge et de tortue à écailles, qui malheureusement disparaissent peu à peu des océans. Alberick fit arrêter la calèche, et tous allèrent contempler la mer sur la place. Trois hommes-poissons sortirent de l'eau et hurlèrent « Ships ! tu nous as manqué », en serrant Ships dans leurs bras. C'étaient des habitants du monde aquatique, qui chassaient les pêcheurs abusifs. Vatra et Falk coururent dans l'eau, et furent rejoints par Crik et Hoop. Austin regardait Alberick avec de grands yeux tristes. « Vas-y, mais fais attention à toi ! » lui dit le mage. Alors Austin plongea dans l'eau et s'amusa à attraper les pieds des autres sous l'eau. Il savait pourtant si bien nager, pour un habitant du volcan de feu. Dabra s'allongea contre un rocher, et fit une petite sieste. Alberick et Wasp se regardèrent. Ils se firent un signe de tête, et le couple accourut dans l'eau. Tous jouaient dans les vagues et s'éclaboussaient.

Ils repartirent après leur baignade et quittèrent le bord de la mer, tous déçus de quitter ce paradis qu'est la plage. Ils longeaient cette fois un flanc de montagne, enneigée au sommet et verdoyant en ses racines. Des aqueducs antiques en ruine ornaient le paysage, et servaient d'observatoire pour bon nombre de rapaces en chasse. La nuit tombait, et des lucioles illuminèrent soudain les monts. C'était un spectacle magnifique. Elles formaient des dessins dans l'air et montraient le chemin à nos héros. Des animaux nocturnes sortirent de leur abri. Des chouettes survolaient les champs, en quête d'un rat ou d'un loir retournant dans son terrier pour la nuit. Les cris des chauves-souris résonnaient entre toutes les montagnes, tandis que des diables de Tasmanie se battaient pour une femelle sur un gros rocher au milieu d'un pré. Des pétauristes, appelés écureuils volants dans la région de Nayon, accompagnaient la marche des quokkas qui traversaient les champs à la recherche de petites baies. Alberick sortit ses livres et compléta son « Recueil de la

Faune ». Il y écrivit plusieurs pages sur les animaux qu'il observait, et y ajouta plusieurs croquis qu'il avait dessinés. Tout le monde s'était endormi sur le chariot. Alberick remplaça Vatra, qui commençait à somnoler. Les Parleurs s'endormirent sur leur arbre, après avoir simplement indiqué au mage de continuer tout droit sur cette route. C'était la pleine lune, et l'on voyait comme en plein jour. Soudain, au beau milieu de la nuit, un groupe de plusieurs hommes s'approcha du véhicule. Ils étaient cagoulés et habillés tout en noir. « Descends de là », dit l'un deux à Alberick. Le magicien s'exécuta. Un autre homme lui ordonna de réveiller ses amis. Alors Alberick secoua les épaules de tout le monde, qui descendit du chariot et s'aligna sur le bord de la route. « Maintenant, donnez-nous tout ce que vous avez ! » cria un troisième homme. Alors Alberick fit mine de fouiller ses poches, mais leva soudain son Bâton et aspergea les pillards d'un grand jet d'eau. Crik infligea un grand coup de massue sur la tête de l'un deux, le laissant pour mort au sol. Crik planta le bras de l'homme devant lui et le jeta dans la rivière qui longeait la route. Un des survivants sortit une lame de sa poche, et s'approcha de Vatra. L'ami d'Alberick sauta sur l'homme et lui donna un violent coup de tête. Le voleur se releva et lui inséra son couteau au niveau du torse. Vatra hurla. Alors Alberick leva son Bâton une nouvelle fois et écrasa les trois hommes qu'il restait avec un rocher, ne laissant aucune trace d'eux. Tous se ruèrent alors sur la plaie de Vatra.

— Ça va, mon ami ? lui demanda Alberick en compressant la blessure.

— Laissez-moi ici, je vais vous ralentir, répondit Vatra en souriant. Je t'ai toujours aimé, mon médecin, et j'ai vraiment apprécié cette aventure. Mais elle s'arrête maintenant pour ma part.

— Non, Vatra, je ne peux pas te…

— Alberick, l'interrompit Vatra, écoute-moi s'il te plaît. N'aie pas de pitié pour moi. Finis ta quête. Va, et vaincs la Mort, qui m'a aujourd'hui attrapé. Je t'en serai reconnaissant. Fais-le pour moi, s'il te plaît, pour moi…

Et le corps de Vatra s'évapora dans les bras du magicien, ne lui laissant que son casque de bobbies et son petit sac. Une larme coula le long des joues d'Alberick. Alors tous prirent une planche de bois dans le chariot et une corde, et y accrochèrent les affaires restantes du défunt Vatra. Ils posèrent la planche sur la rivière et Austin alluma à l'aide de sa queue la pointe de son casque. La dépouille de Vatra vogua sur la rivière, et disparut au loin, sous la lumière éclatante de la lune. Chacun versa une larme et jeta une fleur dans la rivière. Ils reprirent alors la route, sans bruit et tristes. Mais Alberick était déterminé. Il voulait gagner et vaincre la Mort, pour honorer son fidèle ami Vatra. Alors il donna un coup de fouet au cheval, qui accéléra soudainement.

Au petit matin, les Parleurs se réveillèrent et continuèrent leur guidage. Ils n'étaient maintenant plus très loin de la statue du Chevalier de Durandal. Le véhicule se faufilait entre des petits villages, des forêts et des champs de maïs. Ils arrivèrent alors devant un grand temple sûrement en ruine. Il avait de très hautes colonnes en marbre, et sa porte était si immense qu'un colosse aurait pu y rentrer. Ils la franchirent et entrèrent dans le temple, qui n'avait plus de toit. Une immense statue était en face d'eux. C'était la statue qu'ils cherchaient, la statue du Chevalier de Durandal. Les Parleurs souhaitèrent bonne chance et bon courage, et la baguette de communication se décrocha du Bâton d'Alberick et tomba. Ils descendirent tous du chariot et s'approchèrent de la statue. Le chevalier était assis sur un genou, et une gigantesque épée le retenait. Du feu luisait à travers ses yeux et sa bouche semblait animée. Son armure paraissait impénétrable et son casque incassable. Des escaliers montaient jusqu'à sa main, grande ouverte. Dans sa paume se trouvait un portail. C'était le portail jusqu'à la dimension de la Mort, Alberick en était certain. Alors le mage prit les devants et monta sur la première marche. Soudain, la tête du Chevalier se releva et sa bouche s'ouvrit. « Tu as du mérite, jeune successeur. Finis mon travail, je t'en conjure. Franchis le portail, et rends le monde plus sûr. Sois courageux et brave, mon ami », et elle retomba, et ses yeux se fermèrent. Alors Alberick et ses amis montèrent jusqu'au portail, et tous se regardèrent. Alberick commença :

— Écoutez, mes amis. Je vous serai reconnaissant pour toujours. Vous m'avez accompagné dans mes aventures et bravé tous les dangers. Alors je vous remercie, tous autant que vous êtes. Mais jamais je n'accepterai de vous perdre. Alors, laissez-moi mener cette guerre seul, et retournez vers vos familles et vos amis.

— Serais-tu devenu fou ? demanda ironiquement Ships. Je viendrai avec toi, et l'on vaincra ensemble la Mort, même si je dois en mourir.

— Je suis avec toi, moi aussi, rétorqua Crik en passant derrière lui.

Austin se précipita dans la sacoche d'Alberick, et lui sourit.

— Jamais je ne t'abandonnerai, dit Wasp en l'embrassant.

— Nous sommes tous avec toi, reprit Dabra en accompagnant Falk et Hoop autour d'Alberick.

— Nous allons terminer cette quête ensemble, comme nous l'avons commencé, reprit Ships.

— Mes amis, je…

— Ne discutons plus et franchissons ce portail, répliqua Dabra, impatient.

Alors Alberick se retourna en face du portail, prit ses amis par la main, et ils passèrent à travers le portail.

Ils arrivèrent sur une terre sombre et lugubre, recouverte d'un ciel noir et orageux. Ils surmontèrent le tas de roches en face d'eux, et surplombèrent la zone. Un énorme être était en face d'eux. Il avait une grande armure noire et des ailes dans le dos. Il n'avait pas de visage, seul un gigantesque œil dépassait de l'armure. Une femme aux cheveux roses et aux dents de vampires apparut à ses côtés, et une foule de personnes sortit de derrière lui. Soudain, Bubble et son armée d'animaux apparurent derrière nos héros. Ils furent rejoints par Folve, Grooz et leurs soldats, accompagnés de l'armée aquatique. Hot, le chien de feu, sauta aux bras d'Alberick. Pandoosh sortit de derrière un rocher, avec tout son peuple armé. Le Dieu Ciel et ses dragons survolèrent nos héros et se posèrent à côté d'eux. Une roche éclata, et Trice et ses soldats de pierre en sortirent. Voodoo traversa à son tour le portail et arriva vers Alberick : « Nous sommes tous avec toi », lui dit-il avec un grand sourire. Une voix grave retentit soudain :

« Bande d'insolents ! Vous avez tué ma fille ! Nous la vengerons, et nous vous dévorerons ! Préparez-vous à souffrir… »

Chapitre 13
La Mort

Les soldats de la Mort soudain s'élancèrent sur la terre sombre en direction de nos héros. Certains avaient un crâne de dinosaure en guise de casque et étaient armés d'une grande massue tranchante. Leur armure se fondait parfaitement dans le brouillard violacé qui rôdait sur le champ de bataille. Ceux-là avaient pris les devants, suivis d'autres minuscules soldats, ressemblant à des épouvantails mouvants, portant d'énormes ciseaux en guise d'épée. Des squelettes d'oiseaux, sûrement d'autruches, servaient de montures à des guerriers ennemis, portant un grand chapeau pointu et une longue lance. Des ossements sortaient de terre, et s'assemblaient pour former de grands soldats, munis d'un casque intégral, d'un bouclier orné de pointes aiguisées et d'une longue épée tranchante. Des fantômes-squelettes foulaient le sol de leur énorme boulet, et leur tenue ressemblait étrangement à la cape de Dracula, qu'Alberick avait dessiné étant jeune. Au milieu de cette armée dépassaient de longues mèches de cheveux violets, sous lesquelles un petit soldat avec un crâne en guise de masque et une grosse hache se faufilait discrètement entre ses alliés.

Voodoo cria alors : « À l'attaque ! » et tous les soldats des éléments foncèrent sur les ennemis, les armes en avant. Les soldats de Trice, armés de dynamites en chevauchant de gros rochers, suivaient leur maître, qui écrasait les ennemis avec son énorme massue. Grooz, avec Folve dans le dos, guidait son armée de molosses de feu, ornés de pointes enflammées dans le dos, à noyer les soldats ennemis dans la lave. Son gros canon à flammes crachait de grands jets de feu, qui rasaient entièrement les troupes d'ennemis. Des troupeaux entiers d'animaux, dirigés par Bubble, traversaient le front à une vitesse fulgurante, et bousculaient tout ennemi qui barrait leur chemin. Pandoosh infligeait de violents coups de massue, tandis que ses soldats, armés de nunchaku, parcouraient le front en tirant dans tous les sens. Le Dieu Ciel surplombait le combat, assis sur son nuage, et déchaînait un vent violent et de grands éclairs sur le sol. Ses dragons de tous les mondes et de toutes les terres crachaient leur feu, leur glace, ou encore transportaient des rochers et les lâchaient sur les soldats ennemis. Ging volait sur sa planche et projetait son boomerang à travers tout le terrain. Les harpons de Ships étaient tirés à toute vitesse et traversaient les corps des adversaires, les laissant au sol, morts. Ses soldats, armés de scie de requins ou d'épée d'espadons tranchaient les membres des ennemis et les projetaient à plusieurs mètres de là. Wasp assénait de grands coups de lame glacée, et Hoop griffait les ennemis sur tout le visage. Austin se faufilait entre les adversaires et explosait d'une aura de feu, les éjectant sur plusieurs mètres. Dabra tirait de grands serpents sur tout ce qui bougeait, et le faucon de Falk attrapait ses ennemis et les relâchait une fois les nuages atteints. La massue de Crik faisait trembler le sol, et Voodoo déplaçait les rochers et les soldats autour de lui grâce à son sceptre. Alberick alliait ses pouvoirs et créait des rochers de glace ou des jets de lave pour carboniser ses ennemis. Soudain, un dragon allié tomba à ses pieds. Il avait regardé la Mort dans l'œil. « Ne fixez surtout pas la Mort ! » hurla-t-il. Trop tard. Les dragons et les soldats alliés fonçaient déjà sur le grand ennemi, et furent soudainement figés sur eux-mêmes, et morts de l'intérieur. Les pertes étaient conséquentes. Les volatiles alliés tombaient un à un, tandis que les soldats terrestres restaient immobilisés et agonisaient sous une couche de roche.

La femme aux côtés de la Mort soudain s'élança sur ses roulettes accrochées à ses chaussures et parcourut le champ de bataille. Elle tranchait les soldats de ses grandes pinces à son passage, et ses dents pointues croquaient chaque nuque qui dépassait des casques. Ses cheveux roses volaient dans le vent, et son casque en forme de tête de mort effrayait les dragons qui la survolaient. Elle arriva face à Crik, et lui asséna un violent coup de ses lames. Souffrant, Crik leva sa massue et l'écrasa au pied de son adversaire, qui lui planta une nouvelle fois ses pinces dans son armure de roche. Wasp le rejoignit et lui prêta renfort. Elle se plaça entre la femme et Crik, et la provoqua : « Un combat entre femmes, cela ne te tente pas ? ». La femme aux cheveux roses s'approcha délicatement. « Thanatas gagnera toujours, contre n'importe qui ! » et elle bondit sur Wasp, qui la contra. La déesse de Glace lui infligea un coup de couteau gelé dans le bras, mais Thanatas se releva et attrapa le corps de son adversaire avec ses pinces. Wasp se délogea et mit un coup dans le crâne de Thanatas. Déboussolée, son adversaire perdit l'équilibre et tomba à terre. Wasp en profita pour lui sauter dessus et l'immobilisa au sol, la tenant par le cou. « Tu es finie, Thanatas », lui dit-elle, remplie de haine. « Analyse toujours ton adversaire avant de le mettre à terre », et la pince de Thanatas traversa le ventre de Wasp, et la tua sur le coup. Elle se releva, laissa le corps de la déesse à terre, et regarda Crik. « Je reviendrai », lui dit-elle avant de repartir sur ses roues. Alors

Crik accourut vers le corps de Wasp, pria pour elle en lui tenant les mains et lui demanda pardon. Ses yeux se fermèrent et des larmes en coulèrent, et tombèrent sur le visage de Wasp, pâle et sans vie.

Alberick abattait des centaines d'ennemis à l'aide de ses feux, ses eaux ou ses vents, et étaient accompagnés de Hot, le chien de feu, et de son nouveau compagnon, Balf, la bête magique. L'un croquait la jambe d'un soldat, tandis que l'autre lui sautait à la nuque. Soudain, un soldat projeta Alberick et son Bâton à terre et leva sa hache. Il était prêt à attaquer quand il fut soudain heurté par un énorme rocher, qui l'assomma sur le coup. Voodoo s'approcha et aida Alberick à se relever, qui le remercia.

Pandoosh faisait gicler le sang de ses ennemis sur tout le front à l'aide de sa massue, et asénait de violents coups de poing aux impétueux qui osaient le défier. Accompagné de Bubble, qui tranchait la tête des fantômes-squelettes, ils régnaient tout deux sur la bute de terre sur laquelle ils étaient perchés.

Le Dieu Ciel contrait les attaques des squelettes d'autruches en leur soufflant dessus, et était défendu par Falk, accroché à son faucon et donnait de grands coups de pied aux assaillants volants. Dabra tirait aussi sur ces attaquants du sol avec son pistolet lance-serpents, pendant qu'il croquait le peu de soldats qui osaient l'approcher.

Les soldats de Trice avaient quasiment tous été liquidés, et le dinosaure était seul, au milieu de soldats ennemis. Il balançait sa queue dans tous les sens, éjectant ses assaillants, mais se prenait malgré tout des coups de lance et d'épée. Il saignait de plus en plus et perdait sa force. Les ennemis étaient de plus en plus nombreux autour de lui et l'attaquaient en lui sautant dessus. Il souffrait et tomba au sol, écrasé par tous les soldats qui le chevauchaient. Soudain, il vit de grandes flammes à travers ses assaillants et une grande partie des soldats tombèrent au sol ou fuirent. Le peu qui restait fut calciné par les flammes qui réapparurent peu après autour de Trice. Le dinosaure ouvrit les yeux, et vit Austin, la gueule grande ouverte, crachant de longs jets de feu. Le petit enflammé s'approcha du dinosaure et l'aida de toutes ses forces à se relever, mais en vain. Trice était épuisé et souffrait. « Merci beaucoup, jeune Austin. Je pourrais partir tranquille et je te serai reconnaissant. ». Alors Austin ôta le sourire qu'il avait sur ses lèvres et posa ses pattes sur le corps de Trice. La tête du dinosaure tomba, et sa peau disparut, ne laissant qu'un grand squelette de tricératops au sol, sous un grand nombre de cadavres ennemis.

Austin se blottit alors contre les ossements et laissa couler quelques larmes, qui s'évaporèrent instantanément.

Folve était descendue de Grooz et tous deux enflammaient les ennemis qui approchaient. Sa chevelure de feu scintillait entre toutes ces ombres et cette terre sombre et étrange, et les boules de feu tirées par son fusil ressemblaient à de grands feux d'artifice.

Soudain, un grand bruit sourd retentit dans le champ de bataille, et Alberick vit apparaître dans le ciel Rodan, avec ses deux éventails et sa longue robe. Elle survola un instant le front et agita ses éventails. Du sable violet soudain s'envola à travers le champ de bataille et aveugla les soldats ennemis, qui tombèrent au sol, étouffés par ce sable qui traversait tout leur corps. Alberick lui sourit en levant la tête, et leva son Bâton. Ce sable le survola alors et il l'envoya sur tous les assaillants qui approchaient, et les laissa pour morts à terre.

Pandoosh et son nouvel allié Bubble étaient encore sur leur bute de terre quand des dizaines de soldats squelettes sortirent du sol. Le tas de terre s'effondra et fit tomber nos deux héros, qui se firent alors attaquer par les soldats ennemis. Bubble sortit ses deux griffes tranchantes et découpait les adversaires un à un, tandis que Pandoosh les écrasait avec son énorme massue et en faisait de la poussière. Ships les rejoignit et tira des harpons sur tous ces assaillants. Tous étaient au sol, et nos héros n'étaient plus perchés sur une bute de terre mais maintenant sur un tas de cadavres. Ships crachait de l'eau sur les assaillants qui essayaient de grimper et les faisait glisser, pour aller s'écraser en bas. Bubble plantait ses lames dans les crânes ennemis et ses ailes les poussaient dans le vide. Pandoosh tournait sur lui-même avec sa massue dans les mains et déchiquetait les côtes et les jambes de ses adversaires. Il ouvrait grand sa gueule sur les ennemis, et son haleine les assommait complètement. Ils tuaient des centaines et des centaines d'ennemis, avec un grand sourire sur leurs lèvres.

Les deux chiens Hot et Balf parcouraient le champ de bataille en mordant chaque jambe et chaque patte qu'ils croisaient. Mais ils croquèrent soudain les jambes de métal de Thanatas, qui les attrapa avec ses pinces. « Bande de vermines… », dit-elle en les regardant avec de grands yeux. Hot mordit soudain son poignet, et Thanatas le laissa tomber au sol, tandis qu'elle serrait la gorge de Balf. Elle repartit, relâchant le chien magique, inconscient. Alors Hot s'approcha de lui et le lécha sur le visage. Balf n'eut aucune réaction. Il bavait et sa langue pendait. Hot ne sentait plus sa respiration. Le corps bleu de Balf s'assombrit et ne bougeait plus. Il était mort, étouffé par les pinces de l'horrible Thanatas.

Hoop griffait violemment ses ennemis et se réfugia vers Pandoosh, Ships et Bubble au-dessus de leurs cadavres. Thanatas s'en approcha alors. Tous les soldats squelettes s'éloignèrent et laissèrent place à leur reine, la sombre Thanatas.

« Oh, quatre prétendants pour moi toute seule, qu'est-ce que vous êtes gentils », leur dit-elle avec des yeux de biche. Nos héros descendirent alors de leur perchoir et lui firent face. « Ton règne est terminé ! » lui hurla Ships en lui bondissant dessus. Elle l'esquiva et le jeta à terre à l'aide de ses pinces. Bubble sortit ses griffes et un violent combat s'engagea entre eux. Thanatas contrait chaque coup, tandis que Bubble esquivait tous les mouvements de son adversaire. Hoop s'approcha alors et la griffa dans le dos. Elle gémit et le regarda avec des yeux sombres et autoritaires. Elle éjecta Bubble au sol et bondit sur Hoop, qui s'affaissa. Elle le mordit de ses dents pointues dans le cou, et lui asséna un violent coup dans la tête, qui l'assomma. Pandoosh donna alors un grand coup de massue à la terrible Thanatas, qui vola sur plusieurs mètres avant atterrir sur ses roulettes. Elle fonça sur Ships, qui s'était relevé, et lui attrapa le bras avec sa pince. Elle le coupa de ses lames tranchantes, et le jeta sur Bubble, qui lui faisait face. La guêpe soudain siffla, et un troupeau entier de buffle écrasa la femme et l'étourdit. Pandoosh bondit alors à ses pieds et lui donna un violent coup de massue, qui la tua sur le coup. La Mort se retourna soudain vers eux.

— Thanatas ! cria-t-il avec colère.

— Ne le regardez pas ! hurla Alberick aux trois héros.

Pandoosh, apeuré, se tourna vers la Mort avec des larmes aux yeux, et fut soudainement figé. Ships accourut alors vers lui, lui donnait des coups et lui parlait, mais en vain. Il était mort dans la pierre. Bubble tomba à genoux aux pieds de Pandoosh, et pria Dieu de l'épargner. Ships retourna alors vers Hoop, et lui compressa sa morsure dans le cou, qui nécrosait déjà.

— Laisse-moi, ici, Ships. Tu as toi-même dit que l'on combattrait avec Alberick, même si le prix à payer était la mort, dit Hoop en fermant les yeux.

— Non, Hoop, ce n'est pas comme cela que l'on devait mourir, j'aurai dû te sauver, je…

Hoop ne respirait plus. Son corps s'évapora dans les bras de Ships, ne laissant tomber que sa robe et son casque en cloche. Bubble fit tomber une larme sur les pieds en pierre du défunt Pandoosh, tandis que Ships continuait de demander pardon au hibou.

Alberick combattait maintenant aux côtés de Voodoo, et éloignait les milliers d'ennemis qui approchaient. L'armée de la Mort semblait sans fin, et nos héros s'épuisaient peu à peu. Voodoo projetait des rochers sur les troupes ennemies, tandis qu'Alberick les écrasait avec de gigantesques boules de feu et de longs menhirs de glace. Austin, pendant un temps de répit, s'approcha d'Alberick, avec des larmes plein les yeux. Alberick comprit en voyant le squelette de Trice au loin. Il prit Austin et le mit dans sa sacoche, où le petit enflammé s'endormit. Dabra les avait rejoints, et ils formaient un trio très efficace. Voodoo soulevait une roche par télékinésie, Dabra injectait du venin à l'intérieur et Alberick l'entourait d'une couche de ronces tranchantes, et tous trois l'envoyaient en direction des groupes d'ennemis, et y faisaient des ravages.

Rodan volait encore au-dessus du champ de bataille, et répandait son « sable des Ténèbres » sur les ennemis. Soudain, un soldat chevauchant un squelette d'autruche s'approcha d'elle et lui planta sa lance dans le cœur. Rodan, morte sur le coup, tomba au sol et se transforma en une énorme nuée de chauves-souris qui attaquèrent soudain les ennemis. Elles les mordaient, les griffaient, les attrapaient et finissaient toujours par les tuer dans une mare de sang. Seuls sa longue robe et ses éventails restèrent au sol, et furent recouverts de sable. Alberick les ramassa, les replia et les accrocha à son Bâton. Il le fit tourner entre ses mains, et du sable en sortit et s'envola au-dessus de la terre. Il voulait honorer la mémoire de Rodan, et utilisait avec brio les éventails de la défunte.

Soudain, un minuscule soldat-épouvantail s'approcha discrètement de Voodoo et lui planta les lames de ces ciseaux dans le ventre. Alberick bondit alors sur le petit assaillant et le l'écrasa à coup de lame de feu. Le magicien s'approcha de Voodoo et le prit par la main.

— Tu m'entends, Voodoo ? Reste avec moi, s'il te plaît…

— Chut, Alberick. Il est temps pour moi de partir, mais tu vas finir cette quête, et tuer la Mort comme convenu. Fais-le en mon honneur.

Et le masque de Voodoo s'assombrit, sa respiration s'arrêta. La Mort avait pris l'âme du maître de la Magie.

Alberick, rempli de haine, mit sa cagoule, qui lui couvrait les yeux, et s'approcha de la Mort. Il arriva à ses pieds, après avoir défié des dizaines de soldats qui le menaçaient, et resta caché sous sa capuche.

— La Mort, je suis Alberick Lennart, et ta fin est proche. C'est moi qui la provoquerai.

— Comment oses-tu me défier ainsi ? demanda la Mort en sortant une gigantesque hache.

Elle s'écrasa sur le sol, et Alberick bondit entre ses jambes pour éviter le coup. Il grimpa dans le dos de la Mort et arriva derrière son œil. Il enleva sa capuche, et cria : « Mes amis, notre moment est venu ! ». Alors tous nos héros arrêtèrent de combattre et accoururent aux pieds de la Mort, tête baissée. Les dragons volaient dans les airs sur le dos, pour éviter un moindre regard, et Dieu Ciel déchaîna une pluie aveuglante sur le champ de bataille. Des centaines de soldats alliés tombaient, immobilisés par le regard de pierre de la Mort. Des flammes s'élevaient autour du grand ennemi, tandis que Ships tirait des harpons dans son ventre, en vain. Soudain, Folve s'approcha des jambes de la Mort, actionna son fusil, et une boule de feu atterrit sur l'épaule de la Mort, qui perdit l'équilibre. Malgré cela, il leva sa hache au-dessus de sa tête et écrasa Folve d'un violent coup, ne laissant aucune trace d'elle. Grooz se rua alors vers la Mort, empli de colère, et un jet de flammes brûla les grandes jambes de l'ennemi. Dabra essayait en vain de croquer l'armure, tandis que Bubble coupait peu à peu le métal avec ses griffes. Hot courait à travers les soldats ennemis, qui venaient en renfort, et leur mordait les jambes et les bras. Falk survola la Mort, accroché à son faucon, mais la gigantesque hache vint le heurter, et il chuta. Il tomba pendant plusieurs longues secondes, et son corps s'évapora, ne laissant que son casque et sa houppette ainsi que son armure. Son faucon vint se poser sur sa dépouille, regarda la Mort dans l'œil, et resta immobile, figé dans de la pierre, sur le casque de son maître. Les pertes alliées étaient considérables. Les dragons tombaient un à un, tandis que l'infanterie terrestre abandonnait ou mourait peu à peu attaquée par l'armée ennemie qui revenait à la charge.

La Mort attrapa Alberick, encore sur son dos, et le jeta derrière lui. Alors il leva son Bâton, et des petits galets formèrent un énorme rocher au-dessus de sa tête. Des piques de glace apparurent sur les bords de la roche, tandis que des flammes recouvrirent quasiment toute sa surface. De longues ronces poussèrent autour d'elle, et de grandes vagues naviguèrent sur le rocher. L'eau devint verte, elle s'était remplie de venin, et un vent violent faisait tourner le rocher. Des nuages violets apparurent au-dessus de lui et des éclairs ténébreux s'y abattirent. Des ombres formèrent des éléphants, des dragons, des dinosaures et d'autres grands animaux à la surface de la roche.

Alberick avait formé la Roche Élémentaire, qui rassemblait tous les pouvoirs du Bâton de Durandal. Tous nos héros et leur armée étaient maintenant à terre, devant la Mort, prêts à tous les écraser. Alors Alberick souleva la roche, et hurla : « La Mort, ton heure est venue ! ». L'ennemi se retourna, et la Roche des Éléments s'écrasa sur lui. Seul son œil, maintenant fermé, dépassait de la Roche. Alors Alberick ramassa l'épée d'un des soldats squelettes, et la planta dans la gigantesque paupière de la défunte Mort. Tous soupirèrent et crièrent de joie. Des larmes perlaient sur les yeux de chacun, et certains tombaient à quatre pattes et baisaient le sol. Un sourire apparut sur les lèvres du mage, quand il vit soudain Crik accroupi au loin, en pleurs. Il accourut alors vers lui, et vit Wasp dans ses bras. Il l'attrapa alors et lui baisa le front.

— Reviens ma Wasp, s'il te plaît, reviens…

— Je suis désolé, Alberick, dit Crik en reprenant ses esprits. Elle est morte des mains de Thanatas.

Alors Alberick reposa le corps de sa bien-aimée sur le sol encore chaud, fit pousser une rose blanche dans la terre et la posa sur son visage.

La bataille était enfin terminée. Tous nos héros se réunirent alors au centre du champ de bataille, maintenant très silencieux, avec les dépouilles de leurs amis morts pour la victoire et la survie du monde. Dieu Ciel posa les restes de son disciple Falk à côté de ceux de la Mort et de Thanatas, et revint à sa place. Austin et Dabra déposèrent les ossements de Trice, et furent rejoints par Hot, transportant le corps de Balf dans la gueule. Ships porta les affaires de Hoop et Bubble le corps de Pandoosh, encore dans la pierre. Grooz approcha avec le canon de Folve dans la main, et se retourna en pleurant. Des dizaines de soldats emportèrent la dépouille de Rodan et de Voodoo avec les restes de tous les défunts, et Alberick s'approcha à son tour, avec le corps de Wasp dans les bras. « Mes amis, aujourd'hui est un grand jour. La Mort est vaincue et la menace qu'il pesait sur nos mondes a disparu. Je voudrais remercier tous mes amis, qui ne sont malheureusement plus avec nous, mais qui m'ont toujours soutenu et aidé à terminer ma quête. Kärlek ! ». Austin approcha et Alberick enflamma toutes les dépouilles, dégageant une fumée claire et lumineuse. Tous versèrent une larme, et rebroussèrent chemin, pour reprendre le portail en sens inverse.

Ils passèrent le portail et se retrouvèrent tous dans la main du Chevalier de Durandal, qui surprit soudain nos héros : « Je te félicite, Alberick. Tu as accompli ta quête à merveille. Rentre chez toi, et retrouve enfin tes proches. ». Alberick lui sourit, et tous reprirent la route.

Au bout de quelques minutes de marche, tous nos héros se saluèrent. Leur chemin allait se séparer. Alberick remercia alors ses amis un à un, versa quelques larmes, les prit dans ses bras et les embrassa tendrement. Tous étaient partis, et Alberick s'assit aux côtés de Ships.

— Tu ne pars pas retrouver ton peuple ? lui demande Alberick.

— Oh, ils peuvent se débrouiller sans moi. Je t'ai dit que je ne t'abandonnerai jamais, alors je ne pars pas sans toi.

Et les deux amis se serrèrent dans les bras, et reprirent la route pour Nayon.

Chapitre 14
Encore…

Ships et Alberick avaient marché durant des jours et des jours et étaient enfin arrivés à Nayon. En passant la porte centrale de son village natal, Alberick tomba à genoux, et versa une larme de bonheur. Il prit les clés de chez lui et franchit sa porte. Ses potions et remèdes étaient toujours là, posés sur leur étagère. Ses insectes enfermés dans leur bocal étaient toujours vivants et son lit était encore défait, comme la dernière fois qu'il l'avait vu. Ships alla visiter l'immense potager. Les plantations se portaient toujours aussi bien, elles avaient sûrement été arrosées par sa sœur Marta pendant son absence. Il ramassa même quelques courgettes et une pumpa, les posa dans sa cuisine et alla se laver dans la rivière. Ships se baignait pendant ce temps et nageait avec les truites et les barbeaux qui migraient. Ils revinrent chez eux, et Alberick prépara une ratatouille et une soupe de pumpa. Il enveloppa tout cela et l'emmena chez ses parents.

Une fois arrivés devant la porte, nos deux héros attendirent. Alberick hésitait. Et s'ils ne l'acceptaient plus ? Et s'ils lui en voulaient de les avoir abandonnés ? Alors il prit son courage à deux mains, et sonna la cloche. Ils attendirent. Soudain, des bruits de pas dans les escaliers se firent entendre. Son frère Bart apparut derrière la porte.

— Al… Alberick ? C'est bien toi ?

— Oui, mon frère, je suis enfin de retour.

Alors les deux frères se prirent dans les bras pendant un bon moment.

— Et tu ne me présentes pas ? demanda ironiquement Bart en regardant Ships.

— Oh, pardon. Bart, voici Ships, mon nouvel ami et nouveau coéquipier. Et Ships, voici mon grand frère Bart, qui tient la taverne du village.

Ships et Bart se serrèrent la main, et nos trois compères montèrent les escaliers et arrivèrent devant la porte du salon. Bart l'ouvrit. Son père Marten était encore assis sur son fauteuil, avec une pipe dans la bouche. Marta, sa sœur, se réchauffait les mains devant la cheminée, tandis que l'on entendait Sibylla dans la cuisine, en pleine préparation. Marta se retourna et sauta au cou d'Alberick, et lui baisa la joue tendrement. Sa mère sortit de la cuisine avec un plat sur les bras, qu'elle fit tomber. Elle accourut vers son fils et le prit au cou à son tour. « J'ai apporté le souper », dit Alberick en souriant. Son père se leva de son fauteuil. Il approcha d'Alberick, avec un visage sombre. Un sourire soudain apparut sur ses lèvres, et il prit Alberick dans ses bras. « Je suis fier de toi, mon fils », dit-il avant de lui prendre son plat des mains. Alberick présenta Ships à tout le monde, et ils passèrent à table. Ils contaient tout leur périple et leurs diverses aventures, rendant sa famille hallucinée et fière. Le repas se termina, et Alberick et son ami rentrèrent chez eux.

Le lendemain matin, nos deux héros rendirent visite à Berit. Le chef du village les missionna pour aider les mineurs de Nayon à transporter de la roche dans la plaine. Alors ils mirent leurs vêtements de travail, et rejoignirent les mineurs dans la montagne, à l'entrée d'une mine. Ils prirent à deux un wagon de pierre, dont une était étrange. Elle était parfaitement ronde, avec des dessins sculptés sur sa face. Ships et Alberick la prirent mais disparurent soudain. Ils réapparurent en pleine forêt, et esquivèrent de peu la queue d'une gigantesque bête, semblant être un grand dinosaure. Ils se réfugièrent sous une longue racine et se regardèrent.

Où étaient-ils, et surtout que les attendait-il dans cet étrange monde d'une nature si luxuriante et préhistorique ?

Imprimé en France

Achevé d'imprimer en avril 2021
Dépôt légal : avril 2021

Pour

Le Lys Bleu Éditions
83, Avenue d'Italie
75013 Paris